LA PISTA DEL POLICÍA

I0548290

TORSTEIN VIDDAL

ISBN: 8293070056
ISBN-13: 9788293070054

Traducido por Juan Santiago Lázaro De León
Toda la poesía ha sido prestada de Burzum.org
Cubierta: Lillit Keogh

A la memoria de mi padre, que marchó
por la Paz hacia Paris junto a Olof Palme

Este libro no existe. Según los periódicos noruegos, ningún escritor ha escrito un libro del ataque terrorista de la isla Utøya. Este libro ha sido ignorado por la prensa noruega y nadie lo ha mencionado. Ahora lo puedes leer en español.

Nuuk, Groenlandia, 22 de julio de 2018

et rop i drømmen så skjønt
som stemmen til dronningen av natten

vi våknet og så månen
delvis dekket av dystre skyer

det var kaldt og vått
på vår ferd inn i riket
av ufødte tanker
endelig kan vi se hva som kalte
for vi fulgte den stemmen i natt...

LUNES, 19 DE NOVIEMBRE

Karlsen se sentó para tomarse un vaso de agua caliente a falta de té. Le faltaba café también. Siempre tomaba té cuando le faltaba el café. Ahora tampoco tenía té. Por eso tomaba agua caliente de su termo. Como los británicos de Astérix; el Galo, antes de la invención del té, se reía y miraba su oficina. Parecía una batalla de libros, periódicos y ordenadores descartados. De repente se dio cuenta que sus pantalones eran verdes como olivas. ¿Acaso era soldado en guerra? No se acordaba. Karlsen tampoco se acordaba cuánto tiempo había pasado sin limpiar los pantalones militares verdes. De todos modos, no era nada importante. El sueldo todavía era una miseria.

La Macbook, que era más bien una ruina vieja, bullía hasta llegar a una erupción de la peligrosa EPOC.

El ventilador sonaba como si fuese una pieza de una máquina agrícola del bloque del Este. Estaba seguro de perder lo que había escrito. Mejor hacer el proceso corto: cortar el sufrimiento; quitar la sangre de este animal electrónico medio muerto para aprovecharse de la carne que queda.

Karlsen apretó el teclado sueco para empezar de nuevo. ¡Mierda! Se sirvió un vaso más de agua caliente. No parecía un buen día para nada. Apagó la tele donde el corresponsal Odd Karsten Tveit estaba hablando fuertemente de los bombardeos de Gaza. Ahora tuvo que intentar de acordarse de todo lo que había escrito antes de que el inferno de su Mac se congelara. Estaba imaginándose que Nicolás Maquiavelo hubiese construido los principios principales de este aparato para dominarlo a través de sus textos o para aprovecharse de la inteligencia cuando la red estaba encendida. La combinación de estos métodos hizo que Karlsen casi se matara debido al agua caliente que pasó por su garganta. La supervisión y congelación precisa era exactamente lo que querían ver los espías de la policía secreta, querían ver lo que él estaba escribiendo, en lo que él creía que era realmente su propio portátil personal.

Miró su Gmail, el face, los feeds, el bosque y unos foros de discusión. El bombardeo de Siria y Gaza dominaban. También los insultos y gritos brutales en contra de la gente que criticaba a Israel. Karlsen contribuía con unos insultos irónicos por ahí. ¿Cómo pueden estos brutos desgraciados sin vergüenza protestar por el derecho obvio que tiene Israel a defenderse? Este estado pequeño, el único país democrático entre los otros países brutales del Oriente Medio, forzado hacia una esquina de la costa, preparado para ser tirado al mar en un segundo genocidio; ¿Hay que darles el derecho de guerrear un poco en contra de todo eso?

¡Eso! ¡Qué fue! ¡Eso no puede ser! No había nada

que le sorprendiera a Karlsen, no, para nada. Tenía experiencia. ¡Había visto todo en esta vida! ¿Pero eso? ¿Cómo intentarán de explicar y justificar eso a la prensa y ante la Comisión de Control y Justicia en sus investigaciones en el Storting (el Parlamento Noruego) acerca del ataque terrorista el 22 de julio de 2011? Si eso era correcto, era algo bien grande, pensó Karlsen. Le llegó la idea de llamarle a su madre, pero no lo hizo.

El Snortis, como le llamaba Karlsen, al jefe del Delta Snortheimsmoen, dice en una entrevista exclusiva del 2 de agosto de 2011 con la revista alemana Der Spiegel que él "subió a la oficina del jefe de la Policía de Oslo, Johan Fredriksen, que servía como el centro de la operación. El jefe de las fuerzas especiales le avisó al Fredriksen que había una posibilidad de que la bomba simplemente fuese la salva inicial en una serie de ataques, como resultaron los casos del 11 de septiembre de Nueva York, los ataques del metro de Londres y los de Madrid y Mumbai".

¡Muy buena historia!, Snortis, pensó Karlsen. El único problema es que, el jefe Johan Fredriksen por su lado, dice que no estaba en su oficina la tarde del 22 de julio. Estaba de vacaciones en Suecia con su mujer.

Uno o los dos de los policías mienten, pensó Karlsen. ¡Imáginate, Hedda! ¡Un policía que miente! ¡Llama al periódico VG!

MIÉRCOLES, 21 DE NOVIEMBRE

Lluvia. Karlsen estaba pensando en la lluvia. El sonido de la lluvia es lo mismo que mojarse al andar al supermercado Rema. Para escribir y mandar mensajes en la calle, hay que tomar en cuenta la lluvia. Pero el café se encontraba allí, y él estaba aquí y había que anular esa distancia para poder llenar el termo de café.

Karlsen nunca llamó al VG después de descubrir lo de las vacaciones del jefe de la policia Fredriksen con su esposa en Mora, Suecia. Como informaba el Spiegel: *Snortheimsmoen fährt nicht mit seinen Kollegen an den Tatort, er bleibt im Hauptquartier und geht hinauf in das Büro von Johan Fredriksen, Chef der Osloer Polizei. Hier befindet sich die Kommandozentrale. Der Elite-Polizist warnt Fredriksen, dass der Bomben-anschlag der Auftakt einer Anschlagsserie sein könnte.* Es decir que sería lo mismo llamar al Fredriksen cuando se hizo claro que no estaba en su oficina, porque la entrevista del Spigel no dice que el jefe de la policía estaba trabajando ese día.

Lo más probable era que los dos contaban la verdad acerca de este tema, pensó Karlsen, aunque mucha de la información que había salido de las bocas de estos dos señores parecía demasiado sospechosa. Si ese era el caso y si era así, el jefe Fredriksen se subió al coche en Sjilja en Suecia, y teniendo a su esposa encargándose de sus llamadas, no había podido llegar a la oficina de Gronland antes de las 21 el 22 de julio.

Por fin Karlsen estaba disfrutando el café fresco y buscando sus documentos. Por fin lo encontró: El helicóptero de la policía de Oslo se había levantado un poco después, pero no por las decisiones ni de Fredriksen ni de Snortis. El jefe del DELTA había pedido permiso para utilizar el helicóptero dos veces sin éxito "entre las 16.30 y las 17.20", según la investigación oficial. ¿Quién le ha negado eso? El inspector de la policía Ole Vidar Dahl, jefe de la unidad de las operaciones especiales de la policía de Oslo, era sin duda la persona que tomó la iniciativa para utilizar el helicóptero.

"El helicóptero despegó de Gardemoen a las 21.06. Y a las 21.18 estaba en el aire sobre Oslo", leyó Karlsen en la investigación de la Comisión. "Su primera misión era asistir en la investigación de una cosa sospechosa en la torre de la iglesia principal de Oslo. A las 21.35 asistió haciendo vigilancia de camera en una riña violenta entre dos grupos criminales cerca del Jernbane-torget." ¿Un día normal, entonces, para el helicóptero de la policía de Oslo? ¿Todo esto cuando el resto de la gente del país había gritado en sus teléfonos para que viniera el helicóptero a la isla de Utøya? Karlsen no tenía palabras.

Sin fe en nada, Karlsen se hizo más café y encendió

un cigarro. A las 22.26 llegó el mandato de volar a Utøya para buscar sobrevivientes y quizás a otros terroristas. Después de una búsqueda demasiado retrasada por terroristas en la isla sobre la medianoche, el helicóptero de policía aterrizó en Sundvollen a las 00.10. ¡A las jodidas 12 y 10!, gritó Karlsen desde su oficina caótica. ¡Se supone que los terroristas se hubiesen aprovechado de la situación las últimas seis horas para irse con una prisa diabólica de la isla Utøya!

El portátil estaba tranquilo, aunque Karlsen estaba explotando de rabia. Incluso el mundo parecía un poco más tranquilo que antes: supuestamente se había iniciado otro proceso hacia armisticio en Palestina, leyó, antes de darse cuenta de que el acuerdo había sido prolongado otra vez más sin esperanza de nuevas negociaciones. En Noruega las voces críticas en contra de Israel se quedaron censuradas por los periódicos, y los turcos pidieron a la OTAN que les mandaran armas para la guerra contra Siria. Así todo era normal. Nada tenía sentido.

Ese "C Nilsen" que propuso que el Snortis les hubiese metido a Der Spigel en su conversación con Fredriksen, todavía le daba rabia a Karlsen. El resto de su bajada de información consistía en acusaciones poco investigadas, parecidas y otras cosas sospechosas, y Karlsen se jodía por haber tenido un poco de fe en ese Nilsen que también tenía enlaces con el poco fiable periódico Nyhetsspeilet y los escritores infamados de allí. Un periodista de allí de repente se cambió de nombre a Bjorn Hansen, y el artículo investigativo llevaba el título estúpido "El 22 de julio revelado". Él pensaba que lo único que ese artículo había revelado era la tontería de publicar información que nadie había investigado ni pensado bien antes de publicarla.

La información es algo que normalmente te quita la duda, había aprendido Karlsen en una clase de infología de la universidad. Eso también es más o menos correcto, por lo menos normalmente, pensaba él, como cuando se daba una vuelta por Oslo en el verano y eso le hizo preguntarse por qué parecía como si la capital estuviese en guerra total contra el pobre Río de Akerselva, hasta describir un poster cerca del puente de la calle de Haugsamnnsgate que informaba el proyecto de Midgardsormen y el cambio de un montón de tuberías de aguas inmundas que constantemente habían transportado veneno y mierda que contaminaba esa ciudad que normalmente era pictórica.

El problema era exactamente estas bajadas de información, los paquetes de mierda, pensó Karlsen, como estos de Nilsen, o Hansen, que parecían revelar todo el misterio del ataque de terror, pero que solamente escondía la claridad, casi como la excavadora en el río Akerselva. ¡Las investigaciones oficiales tenían un papel parecido! Aunque la investigación criticaba fuertemente a la policía, contenía más preguntas que respuestas.

¿Podría ser que las investigaciones solo eran una operación de encubrimiento gigante? ¿Una ilusión y un juego masivo con el tiempo, exactamente como el primer reporte psiquiátrico? La intención de ese reporte obviamente había sido nublar el día de terror, generalmente y más específicamente, el ejercicio de anti-terror del DELTA. Por noches como esta noche, Karlsen maldijo su acceso al whiskey de Escocia, el cual no era constante y seguro.

ingen stillhet her ute — en drøm
her hvor månen rår — en drøm
jeg hater denne skog
hvor ingen fare truer
ingen ulv
ingen bjørn
intet troll
puster

VIERNES, 23 DE NOVIEMBRE

– Habla Karlsen. Diga.

– Sí, buenos días señor Karlsen. Soy Solvi Glendrange llamándole de la central de comunicación de la Policía municipal de Oslo.

– ¿Ah, sí...? ¿Ok?

– ¿Es verdad que Usted ha escrito ese artículo de Anders Snortheimsmoen y Johan Fredriksen en la pagína web del Unión Prodemocrático?

– Bueno, sí... es posible... ¿Por qué?

– Sí, yo he hablado con ellos y quieren que borre ese artículo.

– ¿Quieren que borre yo el artículo? Bueno.... sí.... yo puedo entender por qué quieren eso.

– ¿Decimos entonces que Usted borrará el artículo, o que por lo menos que sacará sus nombres de ese artículo?

– ¿Cómo se llama me ha dicho? ¿Solvi? ¿Y de dónde me llama? ¿Me lo repite, por favor?

– ¡Escúcheme! Yo prefiero que no me mencione en la página de la Unión Prodemocrático. ¡Tiene que borrar ese artículo!

Karlsen colgó y puso el móvil en modo avión. ¿Qué coño era eso? Ahora una de las funciones de la policía de Oslo y las tropas de emergencia, es ser editores del periódico web Unión Prodemocrático. ¿En qué tipo de país vivo realmente?. Diez minutos después llegó un mail de la jefa de comunicación de la policía, Unni Turid Grondal del centro de comunicación de la policía de Oslo. Tenía que borrar el artículo inmediatamente. Karlsen cerró su portátil, salió y se fue caminando por la calle Strandgaten hacia el centro.

Sacó un sobre de su buzón de la oficina de la policía de Bergen. Tenía que presentarse en la oficina de la policía el jueves el 29 de noviembre a las 09.00. Inmediatamente Karlsen pensó en el caso de boomerang; el caso de la violencia de la policía de Bergen en los años de 70 y 80, cuando los que acusaban a la policía por actos de violencia habían sido llamados a presentarse otra vez solamente para volver a ser victimados. No tienen los huevos para hacer eso ahora, en 2012, pensó. ¿Si no que las cosas han cambiado a algo peor? Él no tenía ninguna intención de ir a la oficina de la policía solo.

En el Tinghus de la justicia encendió su celular otra vez y mandó un mensaje a Mjelde. Tenía suerte, y 15 minutos después, Karlsen y su amigo de la isla Askoy se encontraron en el bar Folk & Røvere en el Skostred para tomar café.

– ¿Qué-es-lo-que-pasa, Karlsen? quiso saber Mjelde. Miraba a la cámara mientras Karlsen miraba las calles mojadas por la ventana.

– Buenos, sabes. Lo que siempre pasa.

– Eso no suena bien. Bueno, a mí me han echado del trabajo del Hotel Norge. Se dieron cuenta que estaba escribiendo por las noches.

– Eso es lo que te digo. No se puede confiar en los que escriben.

– Me pagaron un mes, pero tuve que irme el mismo día.

– Encontré este sobre en el buzón esta mañana, dijo Karlsen y lo puso en la mesa para que Mjelde lo viera.

– ¡Qué puta madre! ¿De la policía Bastián el bueno?, se reía Mjelde y sacó la carta del sobre.

– Me han llamado y me han mandado correos electrónicos también, desde Oslo. Querían que borrara un artículo de la policía en la Unión Pro-Democrático.

– ¡¿La policía te llamó para hacerte borrar un artículo de la policía en la Unión Pro-Democrático?! Mjelde se quedó en shock más de lo normal que con el tema de "lo que siempre pasa" fue discutido entre ellos.

– ¿Estás libre el jueves 29 de noviembre a las nueve de la mañana? Karlsen recogió el sobre y lo puso en el bolsillo del abrigo. – Quiero que me acompañes a la estación de policía. ¿Estás libre?

– Estoy tan libre como puede estar un pobre guerrero de las letras…. ahora en paro y con mucho tiempo libre –dijo Mjelde y terminó su café.

Salieron y encendieron un cigarro en la lluvia. Mjelde decidió que su amigo tenía que tomar un Guinness en Finnegans. Quería pasar la información de este caso al periódico Bergens Tidende, pero Karlsen no tenía mucha fe en que ellos escribieran nada de eso. Después de dos cervezas negras decidieron que el guerrero Mjelde tenía que escribir de eso en su blog para despertar a los clandestinos durmientes. Por lo menos vale la pena intentarlo, opinó Karlsen.

Fuera de su casa en Strandgaten encontró a una paloma muerta en las escaleras. ¡Qué día!, pensaba mientras mezclaba un poco de chili, ajo y pasta para hacer algo que podía parecer una cena. Actualizó su artículo de la Unión Pro-Democrática con la última información de ese día, apagó el sonido de su teléfono y se durmió.

imellom buskene vi stirret
på de som minnet om andre tider
og fortalte at håpet var borte
for alltid...
vi hørte alvesang og vann
som sildret
det som en gang var er nu borte
alt blodet...
all lengsel og sorg som hersket
og de følelser som kunne
røres
er vekk...
for alltid...
vi døde ikke...
vi har aldri levd

LUNES, 26 DE NOVIEMBRE

El domingo Karlsen se había ido al acuario. Había estado allí en la lluvia con unos cuantos más que habían madrugado, la mayoría eran turistas asiáticos, que estaban ahí para ver a los cuidadores dando comida a los pingüinos. Se dio cuenta de que una de sus primeras memorias era exactamente estando allí al lado del acuario de los pinguinos para verlos comer en la lluvia. Después había andado por el parque de Nordnes, hacía Verftet y Nostet antes de llegar al bar Pingvinen en la calle Vaskerelven, donde había pedido su café negro, como siempre.

Karlsen estaba leyendo acerca de la materia oscura. No lo entendía por completo, pero según la revista científica Apollon había gente que estudiaba este fenómeno durante años sin ver casi nada, entendió él que quizás simplemente porque esta materia no transmite suficiente luz para ser detectada.

La masa total de materia oscura en el universo ascendió supuestamente una proporción significativa mayor que la parte "visible": Se estima que representa la parte visible de un 4% de la densidad de energía total del universo. Aproximadamente el 22% será materia oscura, mientras que el 74% restante se llama "energía oscura", un misterio aún mayor a la ciencia, según Wikipedia.

Para Karlsen eso no parecía tan misterioso, por lo contrario; él sentía que eso era algo que se parecía a su propia batalla. Se sentía como si estuviese en su propia casa. Era posible poner casi todo en negro, solamente era necesario apagar la luz o no encender la luz. Karlsen pensó en Bergens Tidende, que, según el Mjelde, no pensaba que valía la pena gastar tinta en molestar a los lectores – eso era la luz de nuevo, pensó Karlsen, la luz en el lenguaje en sí mismo – con información que un Blogger de Nordnes fue llamado por la policía de Oslo para informarle que quería que él borrara un artículo que se trataba precisamente de la misma policía de Oslo. Eso no le sorprendió a él para nada. Era exactamente como era. Todo se quedaba en la oscuridad. Era lo contrario de la iluminación.

Karlsen miró su G-mail y la camarera le sirvió café de nuevo. Pensó en el ejercicio de DELTA, donde el escuadrón de emergencia, por lo tanto, había entrenado en ataques terroristas y las masacres – según el periódico Aftenposten muy cerca del escenario que tomó lugar el 22 de julio – tanto el lunes 18 de Julio, el jueves 19 de julio, el miércoles 20 de julio y el jueves 21 de julio y también el viernes 22 de julio hasta las 15.00, cuando el terrorista Breivik, unos minutos después, vino conduciendo su furgoneta blanca en la calle Grubbegata. ¿Por qué no quería la Comisión del 22 de julio informar a los lectores acerca de eso en su informe? O para pensarlo de otra manera: ¿Por qué querían que se oscureciera esa información tan importante?

Le llegó como si fuese un golpe el pensamiento que casi todos los ataques terroristas donde los estados aliados fueron sospechados eran casi completamente oscuros. Había oscuridad en la tele. Había oscuridad en los parlamentos y los congresos. Era como si la clandestina unión pro-democrático no existiera. Karlsen maldijo la oscuridad.

Abrió un mail nuevo de Ricardo Corazón de León. El británico de 36 años y el fundador de EDL, ahora viviendo en Malta, fue investigado e interrogado después del ataque de Utøya, pero él les había confirmado que se habían equivocado y se había puesto en contacto con otro Corazón de León. A Karlsen le escribió que ya ahora él era un hombre cristiano y que la masacre le daba mucha pena. Él quería iluminar el caso, quería que salieran todos los hechos a la luz. Estaban de acuerdo en eso, Karlsen y el Corazón de León.

Después de hablar treinta minutos con el Corazón de León, Karlsen tenía que salir a fumar en la lluvia. El británico no solo había sido educado, sino también un poco condescendiente. Parecía que él despreciaba un poco todas las piezas del rompecabezas que Karlsen había recogido, documentado y descrito, sobre el Snortheimsmoen y Fredrikson y helicópteros, número de placa y el ejercicio antes de la masacre. Como si Karlsen hubiese encontrado un muro de ladrillos.

Se sirvió otro vaso de café negro y se sentó delante de su portátil. Los rusos eran otra vez los ladrones, según el Corazón de León. Le habían entrenado a Breivik en Belarús y habían organizado todo ellos desde allí. El objetivo era los recursos en el Mar de Barents. Pero para Karlsen eso no tenía ningún sentido. Eso era tan oscuro que no le parecía lógico que los rusos fueran los culpables. ¿A los medios de comunicaciones noruegas y británicas les encantó gritar a los rusos tanto por los Pussy Riot como por el frio de Siberia?

El día oscuro de noviembre estaba convirtiéndose en noche negra. Había bajado Juegos de guerra mientras estaba en el Pingvinen, y quería ver esa película clásica antes de que empezara la discusión final en el Comité de Control y Asuntos Constitucionales el lunes por la mañana. Bajando por el Vaskerelvsmauet y Fortunen le parecía como si hubiese gente en la oscuridad moviéndose. Le echó la culpa al café negro.

en åpning i skogen
hvor solen skinner
hindret av trærne fanges vi
i denne guds åpning
det brenner det svir
når lyset slikker vårt kjøtt
opp mot skyene en røyk
en sky av våres form
fanget av begravelsen
pines vi av guds godhet
ingen flammer intet hat
de hadde rett vi kom til helvete

MIÉRCOLES, 28 DE NOVIEMBRE

El miércoles por la mañana, en la lavandería de monedas, en Vaskerelven, se sentía harto de todo. Estaba afeitado y llevaba pantalones militares limpios. Pensó que quería olvidar todo y dejarlo atrás. A veces levantaba su mirada del portátil para mirar a las dos chicas españolas que probablemente eran estudiantes y que también estaban allí lavando ropa ese miércoles, y Karlsen pensó que le gustaría hacer más eso. Es decir, no lavar ropa, se corrigió, pero levantar más la mirada del portátil. Esta mierda de portátil de Apple tampoco es algo que atraiga a las chicas, pensó él y lo escribió en un documento de texto.

Una de las chicas le miraba y él volvió a ver la pantalla con un poco de vergüenza. Las estudiantes estaban riendo y hablando y eso le dio a Karlsen una excusa más para concentrase en el artículo de las investigaciones del Comité. Una canción irritante, una de las más irritantes que existe de las canciones que se tratan de Bergen, le estaba molestando hasta que tuviera que cantarla en el silencio en su mente para olvidarla: *Ah, las chicas de Bergen son como son/ Están en el ferry diciéndote adiós con la mano/ Y cuando tú te despides de ellas, te dan la espalda/ Porque todas son iguales, y todas son malas.*

Estas chicas realmente son hermosas e inteligentes. Mostraban un poco de interés en Karlsen. Seguro que son trampas de amor, pensó y sonrió para sí mismo, pero ellas obviamente se dieron cuenta de eso. El problema era que le hacían pensar en Camilla. Todas las mujeres le hacían acordarse de ella.

¿Dónde empezar con todo lo que pasó en el Comité en Oslo? Él había estado bien concentrado escuchando la radio, viendo la tele-Web durante toda la sesión extraña el lunes. Había visto las caras, escuchado las voces, leído los comentarios. A las cinco ya estaba casi decepcionado por el primer ministro que ya no había renunciado por lo que el líder del Comité Anundsen y los otros le habían dicho en su contra. La irresponsabilidad del líder del país y su debilidad era peor que durante la explosión de Kings Bay en el archipiélago Svalbard, pensó Karlsen. El primer ministro Gerhardsen de esta época por lo menos tenía la cabeza para decir la verdad y renunciar, a pesar de que era debido a una mayoría de votos de desconfianza en el Parlamento. Este Stoltenberg patético quería mantener el poder y asumir la responsabilidad al mismo tiempo, y lo peor de todo, según Karlsen, era que ése se creía "el nuevo Gerhardsen" simplemente por ocupar la posición del primer ministro en esta crisis a pesar de que él había mostrado una falta de responsabilidad gravísima.

La más guapa de las dos estudiantes se acercaba a él sonriendo y le preguntó si le podía cambiar una moneda de 20 a dos de 10, entendió Karlsen, por fin, un poco asustado. Karlsen no tenía los diez, y casi como castigo, tenía que contarle a la chica viviente cómo se llamaba. No había esperado tener visita de la inquisición española en la lavandería de Vaskerelven, pero esas dos muchachas sonrientes sabían camuflar sus investigaciones como interés erótico verdadero. Karlsen no se veía como una persona paranoica para nada, pero eso no significaba que no tuviera cuidado, porque eso es necesario, se decía él. Los servicios de Inteligencia Secretos se habían mejorado mucho desde las películas de James Bond de los años ochenta, y, aunque hubiesen estado en este lugar por mucho tiempo, no parecía que estas dos mujeres guapísimas estuviesen allí para lavar ropa.

Le pareció a Karlsen que Svein Tauasdad – profesor de ciencia política de la universidad de Stavanger – resumió el caso con sus dos preguntas simples: ¿Por qué fueron todos los planes de emergencia olvidados y ocultados? y ¿Por qué fue la policía una decepción total? Los del gobierno, tan torpes, estúpidos e incompetentes e irresponsables como la Policía del barrio de Gronland, que en realidad era la fortaleza de la incompetencia, les motivaba como siempre a mostrar la carta de incompetencia o el joker de casualidades, después de un ataque de terror, pensó él. Era como si todas las autoridades admitieran que eran unos imbéciles, sino que lo que dijeron en realidad era que el pueblo, los lectores de los periódicos y la audiencia de la tele, eran todos unos completos descerebrados por creer tan fácilmente en sus falsedades absurdas y patéticas. Karlsen tuvo que salir al sol para respirar nicotina.

Puso la ropa mojada en su secadora que solía utilizar, y así evitó pulsar el número incorrecto. En la calle brillaba el sol de la primavera después de lo que pareció una época de lluvia eterna. Tenía que esforzarse para no mirar demasiado.

Las estudiantes españolas – por supuesto el nombre de la más linda de ellas fue Camila – habían pulsado el botón de las lavadoras ruidosas y viejas. Karlsen había decidido no darles ningún tipo de atención, pero eso supuestamente tenía el efecto contrario de lo que pensó ese señor de 39 años. Parecía que las chicas habladoras tuvieran la impresión que él quería darles la impresión de ser un hombre difícil de conseguir, pero que en realidad, ellas le interesaban un montón. Pero así son las mujeres, pensó él. Siempre están interesadas en tener la atención de los hombres y reflejarse en sus miradas.

La zona íntima de Karlsen fue en una manera ofendida y violada y por eso se fue de la lavandería y cruzó la calle al bar Pingvinen, entró, se sentó y abrió su portátil. Por fin un poco de tranquilad y un café rico, pensó. Se puso a leer el último mensaje del Corazón de León.

Breivik supuestamente compró, en Polonia, algunos de los productos químicos utilizados para su ataque bomba en Oslo, y el primer ministro dijo que la investigación de estos contactos polacos había llevado a los investigadores al profesor Brunon K. El Corazón de León se refirió el periódico The Daily Telegraph. La noticia de este profesor, que había preparado cuatro toneladas de explosivos para el edificio del gobierno en Varsovia, y su contacto con el Breivik, no había sido publicada en Polonia antes de noviembre, según el periódico británico. Para eso ya era muy tarde. Y el hecho de que no había ningún periódico en Noruega que hubiera escrito sobre eso – ni una palabra de esa información había salido en la prensa noruega – era un resultado del fenómeno materia oscura. La narrativa del PST desde antes de la semana santa de 2011 fue que Breivik era un terrorista que había actuado solo completamente, según contactos - a lone gunman - aunque el PST no le había mencionado con nombre en ese comunicado de prensa. Su nombre nunca fue buscado en sus sistemas, por las razones de incompetencia de siempre, antes de la tarde del viernes 22 de julio de 2011, según los periódicos publicados durante los días y meses después del ataque terrorista. Poco a poco el PST había cambiado el año, el mes y el día al darse cuenta de que Breivik había informado a la aduana noruega de las compras del terrorista en Polonia.

Karlsen fue a buscar su ropa a la lavandería, volvió y pidió un Glenmorangie a la camarera de Pingvinen y se sentó para escribir un artículo que le parecía imposible de tener publicado. Pero quería informar al periódico BT de Bergen y a los otros periódicos del país, que otro miembro rabiato de la red de terroristas de Breivik, había sido detenido con una gran cantidad de explosivos. Exactamente por eso tampoco tenía nada de razón de definir al noruego como único terrorista. Inspirado por eso, calculó que su artículo tenía una probabilidad de uno contra un millón para ser publicado por la prensa de Noruega.

gjennom tåkete daler
mellom dystre fjell
under grå skyer
midt i svarte natt
på en stolt hest
iført svarte klær
sterke våpen i hånd
uendelig med døde trær
en evighet av kulde
over stokk og stein
inn i skyggene...
ut fra tåken
ut fra mørket
ut fra fjellets store skyggene
drømmen slott...
da stopper rittet
som varte i en livstid
for herren går (inn i slottet fra drømmen)

MIÉRCOLES, 5 DE DICIEMBRE

– No, no aparece ningún "Bruno K" en la búsqueda del programa Atekst, dijo la señora con las gafas en el departamento de referencia de la biblioteca pública de Bergen. – ¿Quiere que busque a otra persona?

Karlsen le señaló que no era necesario. Había muy poca probabilidad, y no había tenido éxito. En otras palabras: todo era como siempre. La única diferencia fue que la nieve había cubierto toda la ciudad. Cuando había estado en el Pingvinen mandando lo que había descubierto del profesor de Polonia a los periódicos, no era así. No había nieve. Compró un refresco de limón en Narvesen y subió la calle al bar Kvarteret.

Los patos casi parecían pingüinos andando sobre el hielo delgado que había cubierto el laguito Lillelungeren. Él pensaba en todo lo que había pasado durante esa semana. Camila, de la lavandería, había aparecido en el Pingvinen con su amiga Gabriela. Habían ido a casa con la ropa, y después al bar donde él estaba disfrutando la soledad. Además, él veía a toda la gente festejando la navidad; algunos en pareja, muchos en grupos de borrachos; y le molestaba que no cenara y festejara él la navidad ese año. En fin, se sentía solo y le llegó la sensación de alienación por ese desierto urbano de asfalto. Justamente por eso, no era difícil para nada ser convencido por Camilla y Gabriela, que le guiaban a su viejo ático en la calle Klostergaten.

No fue buena idea para nada irse con las estudiantes españolas a su casa la noche antes de la entrevista con la policía Malin Mogster a las nueve de la mañana, pensaba Karlsen al tomar una cervecita en Kvarteret. Cuando se encontró en la estación de policía del centro, estaba cansado como nunca y encima estaba resfriado y tenía un poco de fiebre. Tampoco había sentido que era correcto para Camilla, el haber ido con ellas.

– Hola. ¿Usted es Malin?

– Hola. ¿Y Usted Karlsen? La oficina está allí, al fondo. ¿Quiere un té, café o agua?

– Gracias. Estoy un poco resfriado, así que el té me va bien.

– Ok, parece que no hay más café. Muy bien, entonces quiere tomar un té.

– Ok. ¿Me puede informar, por favor, de qué se trata todo esto?

– Usted ha sido acusado por difamaciones. Le voy a leer sus derechos y obligaciones, y después tendrá la oportunidad de explicar sus opiniones del caso.

– Primero tengo que sonarme la nariz.

– Después hay preguntas, y por fin vamos a revisar todas sus respuestas para asegurarnos que le hemos entendido bien y que hemos excluido todas las equivocaciones posibles.

– Yo tengo experiencia en eso por una acusación que he reportado a la policía.

– Sí. No importa si es acusado o demandado, la persona que reporta o es reportado en las entrevistas, tienen los mismos procedimientos.

– Sí, exactamente. Hace poco tiempo que hago eso.

– Pero hay los que piensan que eso es una situación nueva, y por eso les informamos de los procedimientos y los derechos. Si confiesa, hay una reducción de la condena. Si pone todas las cartas sobre la mesa al principio de las investigaciones, el demandado tiene como derecho una reducción de más o menos 35 por ciento, dependiendo de la cantidad y cualidad de información que pueda pasar a las autoridades. Eso es algo que existe para que todos tengan una ventaja, los acusados incluidos. Si Usted quiere, podemos revisar todo eso después, y lo puede firmar. Además, como acusado Usted no tiene ninguna obligación de dar explicaciones a la policía si no lo quiere hacer.

– Como dicen los gringos; "You have the right to remain silent…"

– Exactamente. Eso tiene. Además, tiene el derecho de tener a un abogado presente ahora y también durante el proceso siguiente, pero como todavía, en los primeros pasos, es un gasto que tiene que cobrar usted. Como un último punto, es necesario que le informe que está en contra de la ley darle a la policía explicaciones falsas e implicar a personas inocentes en el caso. Por fin, le pregunto ¿quiere explicarle a la policía?

– Je je…. ¿Tengo opciones?

– Claro. Puede decir que no. Tiene esa opción. Todos tienen que encontrarse en la estación de policía si les mandamos una citación. Así, si no aparece, hay consecuencias e implica responsabilidades penales. Pero nadie tiene que explicarse a la policía. Sin embargo, delante de un juez tienen que explicarse todos si su caso llega a este nivel. Por eso queremos siempre aconsejar a la gente que se explique…

– Bueno… yo sí me puedo explicar.

– Ok, entonces quiero que usted, en sus propias palabras, explique cómo es el caso por su parte, todo lo que haya sido la causa de las acusaciones en contra de su persona. Yo voy a grabar todo y escribir un resumen al mismo tiempo, y después llegamos a un acuerdo de este texto.

– Me parece bien, pero ¿Usted por favor me puede informar quiénes son las personas que me han acusado y el contenido de sus acusaciones?

– ¿Ok? Yo creía que ya sabías todo esto, pero Johan Fredriksen y Anders Snortheimsmoen le han acusado por difamaciones personales por lo que Usted ha escrito de sus personas en unas páginas de la red. Más concretamente, se trata de la página Unión Pro Democrático, la página que mantiene Usted. ¿Eso es correcto? En fin, todo lo que escribe usted de sus personas contiene información y declaraciones que ellos piensan que son incorrectas y falsas, y por eso también opinan que usted insulta su dignidad, honor y reputación. Supongo que ya conocía la base de sus acusaciones, ya que hay también un proceso civil que se trata de eso.

– Sí, lo conozco, sé todo eso, pero lo que me confunde es el estatus de este interrogatorio y quiénes son las personas que lo han iniciado. Sobre todo, como hace poco tiempo llegamos a unos acuerdos, los de la otra parte y yo, de todo eso, y como ya hemos confirmado un trato, me parece un poco raro que aparezca todo otra vez en esta institución.

– ¿Sí? Ok… Bueno, ellos nos mandaron la información y sus acusaciones hace tiempo. Quieren hacer un proceso público. ¿Pero ahora me dice que usted ha llegado a un acuerdo con ellos?

– Sí. Exacto. Sería buena idea si usted llama a su abogado… que se llama… ay, ahora no me acuerdo, pero voy a intentar buscarlo en mi móvil.

– ¿Ok? Yo también tengo esa información.

– ¿Se llama Borge o algo así?

– ¿Sí…?

– ¿Le puede preguntar a él sobre cómo va el caso y lo que ha pasado?, porque ellos me hicieron una propuesta a mí el viernes. Yo lo aprobé y lo firmé. Si esta interrogación es un resultado de sus deseos anteriores de llegar al acuerdo mencionado, es muy posible que lo que hacemos aquí no sea necesario.

– Bueno, por otro lado, pienso que sería buena idea seguir haciendo esta interrogación como lo planeado. Su acuerdo con los señores puede tener consecuencias para la evaluación de su responsabilidad, y obviamente la penalización y lo que pasa después, porque, yo me puedo poner en contacto con ellos más tarde, cuando hayamos terminado todas las preguntas que le tenemos, y les puedo preguntar si son ellos que se pusieron en contacto en esta oficina con las acusaciones en contra de Usted; eso sí es un hecho. Así que, si ellos las quieren anular, entonces no hay más investigaciones ni un proceso en contra de Usted y esta oficina también la dejaremos así.

– ¿Pero no sería posible para usted preguntar al abogado Berge ahora, para obtener más información de nuestro acuerdo? Ellos me mandaron una propuesta, y en algunos de los párrafos del acuerdo querían que yo hiciera algunas cosas que eran importantes para ellos, como por ejemplo, anular y borrar un poco de información de unas páginas de la red. Además, querían que yo informara a otras personas de la red para informarles el hecho de que esa información ya no está aquí. Por fin tuve que firmar el contrato, y yo he cumplido con mi parte y hecho todo eso. Yo he entendido y entiendo, me impresiona que ellos se hayan quedado contentos con esto, pero me gustaría mucho tenerlo todo confirmado…

– Confirmado por ellos, me imagino.

– Exactamente, por ellos.

– Yo hablaré con ellos, y obviamente también con su abogado, después. Pero la situación que tenemos aquí es algo especial. Se trata de la diferencia entre un proceso civil y un proceso penal. Ahora está usted en un proceso civil y eso toma lugar en el consejo de la oficina para procesos civiles. A veces se puede tener un proceso civil y un proceso penal al mismo tiempo, a veces hay solamente lo civil o al revés. En este caso tenemos que tener un interrogatorio y también es uno de mis deberes hacerlo para que tenga usted la oportunidad de explicarse. Se trata de acusaciones en contra de su persona.

– Yo quiero saber si la intención de mis acusantes es hacer este proceso en contra mía y al mismo tiempo quedarse contentos con el acuerdo al que hemos llegado.

– Claro. Yo les puedo preguntar si todavía están contentos con este acuerdo, pero no han anulado las acusaciones del proceso penal. Pero para usted no hay mucha diferencia si seguimos con la interrogación y las preguntas como lo hemos planeado. Si ellos quieren seguir con el proceso, lo que va a pasar en el proceso es la responsabilidad de un juez. Si ellos no lo quieren, lo más probable es que el caso sea desestimado y entonces no habrá nadie que lo vaya a considerar. Entonces ya está dejado el proceso penal y se sigue al civil. Lo civil y lo penal no son casos paralelos.

– ¿Son paralelos o parraleros?

– Bueno, en algunos proceses penales pueden convertirse en un proceso civil para llegar a una decisión, pero en este caso tenemos un proceso penal regular, porque le han acusado de insultos públicos graves en contra del código de la ley.

– Hmm. Ok.

– Esa es la razón. Pero en su caso las consecuencias no serán tan graves. Yo les voy a hablar a sus abogados después y por fin volveré a hablar con Usted. Si ellos ya están contentos con el acuerdo que Ustedes ya tienen y no quieren seguir, entonces, pues, no vamos a seguir nosotros tampoco.

– Bueno. Yo digo que no. Me gustaría mucho si hubiese sido posible aclarar esto antes de la interrogación. Obviamente me importa si están contentos o si no lo están. Yo he puesto de mi parte y he hecho todo lo posible para que se queden contentos…

– Eso lo entiendo, pero yo también tengo confidencialidad con respecto a la información que me dan…

– ¿Pero si anulan sus acusaciones…?

– Sí, pero esto se lo informo yo. Le puedo llamar después de haber hablado con ellos y entonces no sería necesario para Usted esperar los papeles formales que contienen ese tipo de información.

– Ok, entonces no puedo quedarme aquí esperando.

– Exacto. Eso no puede. Hay unas regulaciones bien firmes que nos impiden hacerlo así.

– Ok, ¿pero me puede avisar durante el día?

– Sí. Claro que sí. Yo le llamaré directamente, y si no me puedo poner en contacto con Usted, llamo a su abogado y le digo lo que hemos hablado aquí, le informo de los acuerdos que tenemos y espero que todo se solucione en una manera que de ventajas a todos.

– Si, bueno. Yo vivo en una parte del centro donde

muchas veces recibimos el correo muy tarde. Por alguna razón todo pasa muy lento allí, así que es posible que me llegue hoy lo que debería haberme llegado hace una semana. Así que claro que es posible que ellos me hayan mandado la información donde me dicen que ya están contentos, qué sé yo. Puede ser.

– Claro. Puede ser. Pero le llamaré. Quiero que sepa también que yo no represento a ellos solamente por ser policía. Yo tengo que ser objetiva e imparcial, y mi trabajo es ver el caso de los dos lados. Eso también significa que usted me puede llamar o ponerse en contacto conmigo si tiene preguntas sobre este caso y su desarrollo.

– Hmm.

– Para que sepa. Entonces, puede empezar por donde piensa que es natural, y terminar por donde piensa que es mejor terminar. Yo voy a anotar lo que usted dice: sus pensamientos, opiniones y todo. Así que escribo al mismo tiempo.

– Sí. Ok. Para empezar, puedo decir…

[Llamada de la policía por el sistema]

– Para seguir: Yo reconozco obviamente que he escrito este artículo en octubre el año pasado. Además, les nombré allí, incluí sus nombres. Pero, para defenderme, tengo que admitir que creía que la libertad de expresión protegería la búsqueda de la verdad en este caso. Hay que tomar en cuenta también que yo lo publiqué en una página web dedicada a buscar la verdad, y por eso también se supone que no fue para insultar a nadie, sino un intento de revelar lo que nos habían ocultado. Pero en la luz de este caso puedo entender que la libertad de expresión sirve para proteger exclusivamente a las personas que ya tienen toda la verdad. Que tienen todo hecho. Los que ya han entendido todo. Y eso, tengo que admitir: yo no he entendido todo. Pero en el proceso, que es buscar la verdad, y eso sí es un proceso, es lógico que a veces te equivoques. Estadísticamente es imposible no equivocarse, porque también es un trabajo muy grande y complicado buscar la verdad. En mi defensa, yo intenté buscar información de las personas que eran responsables por todos los errores que tomaron lugar ese día y todos los que fueron provocados. Yo me encargo de cosas así, aunque no han tenido consecuencias para mí personalmente. Eso es parte de quien soy.

– ¿Así que es correcto si escribo que intentaste descubrir quiénes eran los que tenían la responsabilidad…?

– Bueno, era una conclusión temporal. Es un trabajo muy complicado el intentar investigar quiénes eran los culpables verdaderos de un ataque terrorista como ese, todavía continúa. No es algo que se pueda descubrir en un día. Otro momento muy importante, que también me defiende, es el hecho que, en este caso, en octubre ya habían pasado 15 meses después de la fecha del ataque, el 22 de julio. ¿Entiende? Y el nombre de la persona a quien el jefe de DELTA pidió el permiso para utilizar el helicóptero sigue siendo un secreto. El jefe se lo pidió dos veces, pero nadie lo puede saber, es un secreto de 100%. Lo puede buscar en los archivos de la prensa, en el reporte de la Comisión, pero el nombre de él o de ella no aparece nunca. Eso significa que, si yo hubiese hecho lo que dice su abogado que debería haber hecho, según los documentos, que debería haber llamado al jefe personal antes de escribir el artículo, él entonces obviamente no me hubiese dicho nada, ya que el nombre era un secreto. ¿O qué crees? ¿Que él me hubiese revelado un secreto así? Lógicamente no funciona así. Si han decidido que algo es un secreto no van a decir al periódico que les llamen si les pregunta algún periodista de por ejemplo VG: "¡Hola! ¿Usted es la persona que negó el uso del helicóptero?", no les van a confirmar: "¡Sí, yo

soy la persona que ha negado en utilizar el helicóptero!".
Es un secreto que quieren mantener. Y si yo hubiese
dicho lo que su abogado dice, es decir, si hubiese
llamado a esta persona, la cual no se me permite
mencionar, eso dicen los papeles, que no puedo
mencionar su nombre, ¿pero no sé si se aplica aquí?

– No, eso es para evitar que lo haga en público,
pero yo sé de quién está hablando.

– Ok. Si yo le hubiese llamado… Entonces sería…
yo veo muy inútil llamarle, porque lo más probable es
que lo hubiese negado; no hubiese querido confirmar o
refutar nada sobre lo del helicóptero. Además, yo pensé
que Fredriksen estaba trabajando en su oficina, que fue
utilizado como centro de operaciones el 22 de julio. No
tenía ni idea de que él estaba de vacaciones con su
esposa en Mora en el lago de Siljan en Suecia ese día.
Eso tampoco está mencionado en el informe de la
Comisión. Tengo que sonarme la nariz otra vez.

– Ok, hágalo otra vez. Así es.

– Exacto. No te puedes sonar la nariz una vez al día
y ya está.

– No. Bueno, le voy a leer lo que he escrito hasta
ahora. Como le he dicho, yo he incluido la mayoría de la
información, como resumen, y creo que tenemos la
esencia de lo que nos cuenta usted. Si hay algo que yo he
entendido mal o algo que quiere corregir o añadir, me lo
dice, y cambiamos el texto.

– Sí.

– Yo escribo que reconoce que ha escrito un artículo… vamos a ver… en octubre…

– Sí.

– … Donde menciona el nombre de las personas
perjudicadas. Estas personas son Johan Fredriksen y
Anders Snortheimsmoen. Dice que estaba seguro de que
la libertad de expresión le dio permiso de hacer eso y
que le protegía, pero también que nunca tuvo intenciones

de ofender a estas personas con insinuaciones difamatorias. Me ha dicho que, en la búsqueda de la verdad, es estadísticamente imposible no hacer algunos errores en el camino. Usted dijo que había cometido un error al considerar que el jefe personal estaba en el trabajo ese día, pero que más tarde supo que estaba en Mora en el lago Siljan en ese momento. Usted ha dicho que ha intentado averiguar quién ha negado usar el helicóptero de la policía el 22 de julio el 2011. Usted ha dicho que pensaba que no era necesario llamar al jefe de personal, ya que lo más probable era que no dijera nada de la decisión de utilizar el helicóptero.

– Bueno, puede incluir que no lo hubiese confirmado ni negado si él hubiese sido el responsable, ya que era un secreto. Había sido un secreto de 15 meses en ese momento. Así que, como yo quería buscar el nombre de esta persona, la única opción era preguntar a los que conozco y hacer mis propios cálculos basados en la información que había encontrado. Tampoco hubiese sido posible encontrar el nombre preguntando a otra persona de la policía. Nadie me lo hubiese dicho, ¿verdad?

– Bueno, eh… ¿Usted también es editor de la página web www.prodemokratiskunion.no?

– Sí, es correcto. Eso no está prohibido, ¿no?

– No. No está en contra de la ley. Tengo que verificar. A ver. ¿Usted también ha escrito el artículo que tiene su firma y todo el contenido al que se refiere en este artículo?

– Sí. Confirmo. He escrito el artículo del 26 de octubre. Todo el contenido.

– Sí. Ok. ¿Puede decir algo más exacto? ¿Cómo ha encontrado el nombre de Johan en este contexto?

– Eh… Bueno… lo encontré por artículos normales de la prensa. Creo que fue Der Spiegel, la revista semanal más importante de Alemania, que hizo una entrevista con Snortheimsmoen al final de julio de 2011. Yo vi que el jefe de personas fue anonimizado en el informe de la Comisión, pero me acordé que había leído la entrevista alemana en la cual se menciona tanto a Snortheimsmoen como a Fredriksen, y según mis notas personales del año pasado se dice que estaban los dos juntos en la oficina. Lo que puede incluir, es el hecho que todavía, 16 meses después, no se ha revelado quién ha negado utilizar el helicóptero de la policía. ¿Quién ha dicho no dos veces seguidas en utilizarlo? Lógicamente sigue siendo un secreto bien guardado. El lunes hablé con el Per Olaf Lundteigen, que es parte del Comité Permanente de Control y Asuntos Constitucionales, y él tampoco sabe quién ha rechazado la pregunta de usar el helicóptero. Por eso calculo que yo no soy la única persona que ha perdido la información de un artículo de algún periódico, si me entiende.

– Pero le quisiera preguntar más por su motivo. ¿Cuál fue su motivo para escribir esta información en su artículo y presentar todo esto en su sitio web?

– Eso ya he dicho; el motivo obviamente era avanzar unos pasos más en la búsqueda de la verdad sobre lo que realmente pasó ese día. Es un poco como si se sospechara que la policía ha estado involucrada en algún crimen, y no puedes tener confianza en que ésta te lo va a revelar. Ellos no van a decir nada y no van a investigar nada, ¿entiende?

– Eh… ok… ¿Había algo en especial que quería lograr en este contexto, entonces? ¿Querías provocar reacciones, por ejemplo?

– Hmmm… Bueno…Tengo que explicar un poco cómo funciona el método de mi trabajo. Lo que quería hacer era acercarme a la verdad, como he dicho. Quería saber más sobre lo que pasaba ese día y sobre todo, quería saber si alguien había trabajado con el terrorista Breivik o si alguien le había ayudado, ¿entiende?

– Hmm.

– Y es así: exactamente como era la lucha para encontrar la verdad de los ataques del once de septiembre en Nueva York; ese no es un trabajo aprobado por los editores de los periódicos y por eso hay menos recursos. Entonces lo que nos queda es trabajar en grupos por la red, y por eso hay varios sitios y grupos abiertos de la red donde se puede encontrar pedazos de información…

– Mmmm.

– Eso significa que trabajas de alguna manera como detective privado, pero obviamente sin ganar nada. Pero de esta manera, por leer libros, páginas web, periódicos y artículos, encontramos mucha información. Hay unos pedazos aquí, otros allí y hacemos comparaciones, y cuando tienes lo suficiente o algo nuevo, lo publicas. Lo que has publicado lo pueden leer otros investigadores independientes de otros países y que están en otras ciudades, y de esta manera todos pueden avanzar un poco gracias a la información que he publicado, por ejemplo, yo. ¿Entiende? Es como lo que se llama en inglés un Open Source Research, y por lo tanto lo escribo en inglés. Obviamente los mejores investigadores no se encuentran aquí en Noruega. Están también en Inglaterra, Dinamarca y Alemania. En resumen, se trata de ser parte de un grupo grande e independiente.

– Uh-hm… Pero Usted sabe que él – Usted también ha hablado con él, ¿verdad?

– No. No directamente.

– Ok. Está bien. Es probable que algunas de las preguntas que le haga puedan repetirse y que las haya respondido ya, pero le pido que tenga paciencia. Pero ¿entiende Usted que con esto podría dañar su buen nombre y reputación?

– Sí, claro. Eso entiendo muy bien. Pero tampoco nunca ha sido mi intención ofender a una persona totalmente inocente. Si él es completamente inocente y ni siquiera estaba en el trabajo, entonces está muy lejos de lo que yo quería. Yo pensé que él era la persona secreta, y que sigue siendo la persona secreta, que había negado el uso del helicóptero para llegar a Utøya. Uh… Así que… No me parece correcto que siga siendo un secreto quién era la persona que ha dicho no al jefe de DELTA y al equipo de emergencia, que realmente querían utilizar el helicóptero.

– Uh, ¿alguna vez ha pensado en las consecuencias… de que otras personas puedan amenazarle a él o a su familia, el odio que puede sentir la gente y que todo eso podría resultar en actos muy graves?

– Mmmm. Cuando lo leí en los papeles de la corte pensé en ello por primera vez. No estuve pensando en esas cosas al escribir el artículo y buscar la información.

– ¿Qué opina del hecho de que él no estaba en la oficina ese día?

– No sé si entiendo la pregunta.

– Sí, bueno, ¿qué le parece? ¿Cuáles son sus pensamientos del hecho de que la persona ofendida, es decir Fredriksen, realmente no estaba en el trabajo ese día? ¿Qué piensa Usted del hecho de que la información que ha publicado de su persona no es correcta y que él tenga que vivir con las consecuencias de esto? ¿Cuáles son sus pensamientos con respecto a eso?

– No, es decir, eso es muy lamentable. Eso también he publicado en la red, diciendo que no era correcto, tanto en Noruega como en el exterior, así que… Bueno. Errare humanum est. Es parte de ser humano cometer errores, y tanto la policía como los investigadores lo hacen. La policía también sospecha de la persona equivocada a veces, ¿no ve?

– Eh… ¿Qué ha hecho con todos los materiales impresos que tienen algo que ver con Fredriksen y Snortheimsmoen hoy?

– ¿Cuáles materiales impresos?

– Estoy hablando de todo lo que está en los sitios web. Hay páginas, donde me imagino, se menciona sus nombres. ¿Qué ha hecho para evitar que esa información se detenga y qué ha hecho en relación con sus propias páginas?

– Eso está incluido en los papeles del acuerdo que hemos hecho y que por lo menos he firmado yo. Todavía estoy esperando la copia que contiene las firmas de ellos. Lo que he hecho es borrar los tres artículos de mi página de web, los que me han pedido borrar ellos. Eso realmente fue una oferta mía, de mi parte. Desde el viernes de la semana pasada, les dije que podía eliminar los artículos. ¡Exacto! ¡Los he eliminado! Además, he eliminado todos los rastros de ellos en el Facebook, Google+ y Twitter. He borrado los artículos y la información allí. También me he puesto en contacto con unos 10-20, 15-20 páginas diferentes y las personas responsable en otros países y les he pedido la posibilidad de pensar en borrar la información y les he informado que corren el riesgo de ser demandados por difamaciones. El tribunal ahora me ha confirmado que algunas de estas páginas han sido borradas.

– Sí.

– Así que… bueno… El internet es grande. Y en Google siempre va a encontrar a las personas que no quieren borrar nada.

– Mmmm. ¿Hay algo más que desee agregar como parte de su explicación? ¿Algo que cree que puede ser relevante para este caso?

– Eh… no sé. Depende de Usted, si piensa que hay algo extraño.

– Bueno, por mi parte yo pienso que me ha dado Usted respuestas a las preguntas que teníamos. Mi impresión es que ha puesto todas las cartas sobre la mesa y que ha hablado de las cosas como son y además ha explicado cómo funciona, y conozco más sus motivos y entiendo cómo ha trabajado Usted. Sobre todo, me ha dicho qué es lo que ha hecho para terminar con todo lo que está de su parte.

– Sí.

– Así que yo opino que hemos documentado bien las cosas.

– Ok… Yo pienso… bueno, mis resúmenes de la acción son escritos como parte de una investigación… he escrito estos artículos en búsqueda de la verdad, ¿no ve? Todo eso se puede confirmar; hay personas que trabajan de la misma manera, personas con quienes yo he colaborado que pueden confirmar eso... además, es algo que he hecho durante años, ¿entiende? Y el objetivo no es dañar a nadie, especialmente no poner a las personas inocentes en peligro, se puede decir.

– Mmmmm.

– Sin embargo, el objetivo era encontrar más información y compartirla con otras personas, que también son investigadores de ataques de terror, como por ejemplo, los ataques de Londres y Nueva York.

– Como lo ha pensado, o el hecho que no ha sabido, por ejemplo, que estos actos, y otros también, son ilegales, no es muy relevante en este contexto, pero lo voy a incluir en el documento. Bueno, por ejemplo, si el argumento es que una persona, que reconoce culpa por haber dicho y escrito estas cosas, pero le gustaría aclarar que no era consciente de que era ilegal y que encima pensaba que estaba protegida por la libertad de expresión, y no tenía la intención de hacer daño a la parte perjudicada… Eso no significa que no era ilegal, si me entiende.

– Bueno, yo creía, obviamente creía que el párrafo 100 de la Constitución, que se trata exactamente de la libertad de expresión y que anima a la gente a buscar la verdad, yo creía que, según esta cláusula, tenía la oportunidad de publicar eso legalmente. Así lo he leído yo… y por eso… pensé que, bueno… ¿cómo pueden los ciudadanos trabajar para proteger y mantener la democracia… si no pueden buscar la verdadera verdad de los actos de las autoridades? ¿Cómo asegurar que la tendremos en el futuro? Estuvimos aquí en una situación extrema; fue un ataque en contra de la democracia, había un terrorista disparando a los políticos jóvenes, ¿verdad? Y por eso, para poder detener y castigar a todos los que tenían algo que ver con… eso,… es importante…

– Mmmmm

– Es importante saber la verdad y hay que resolver el caso, ¿verdad? Por eso, yo he pensado así, he entendido que la libertad de expresión me obligara a hacerlo, es decir buscar la verdad de ese caso, y por lo tanto lo que he hecho ha sido un acto legal y correcto, democráticamente, se puede decir. Obviamente hay que tomar en cuenta que en este proceso se puede equivocar y escribir algo que no es correcto.

– Bueno, ese es el problema de su caso, y por eso ha sido procesado y por eso está aquí ahora en el interrogatorio de hoy, porque los actos que piensa Usted que no son crímenes en realidad son exactamente eso.

– Sí, pero para volver a lo que he dicho antes: si la libertad de expresión sirve para proteger la búsqueda de verdad y yo hubiese tenido una revelación divina en la montaña y los dioses me hubiesen comunicado todas las verdades de este caso y yo hubiese escrito artículos de esto, nadie me hubiese podido acusar de nada porque todo hubiese sido verdadero. Los nombres hubiesen sido correctos, los datos también. Sin embargo, no funciona así. Pero el concepto de la constitución que se trata de "la búsqueda de verdad" incluye una idea: que la verdad existe y que se le puede buscar. Cuando lo haces, hay que moverse, darse vueltas y ver las cosas de lados diferentes. A veces te mueves en círculos y a veces te encuentras en caminos equivocados, ¿no ve?

– Bueno, Usted… De todos modos, va a tener que decidir si quiere reconocer o no reconocer culpabilidad en el sentido legal. Si se siente más cómodo en no reconocerlo, entonces… tiene que hacer lo que es lo mejor para Usted, yo no le puede ofrecer ningún consejo, solamente le puedo explicar a Usted lo que conlleva todo eso…

– Mmmm. No. Yo opino… sigo entendiendo que la libertad de expresión sirve para proteger a las personas que intentan buscar la verdad.

– Mmmm. Bueno, Pero si entonces cree que con sus actividades… eh… solamente ha practicado la libertad de expresión, y por lo tanto no ha ejercido la difamación, entiendo entonces que no está de acuerdo con las razones de este proceso legal que han iniciado los ofendidos…

– Sí, mi objetivo principal ha sido la búsqueda de la verdad, y un efecto secundario de eso ha sido que he escrito algunas cosas que no han sido posibles de confirmar cien por ciento. Si la libertad de expresión protege la búsqueda de la verdad, también tiene que proteger a las personas que la buscan y que no tienen todas las respuestas listas desde el principio de la investigación. Eso sí me parece muy lógico.

– Mmmm. ¿Así que quiere que escriba que Usted no reconoce culpabilidad, entonces?

ESTA ES UNA ALARMA DE FUEGO. UTILIZA SALIDAS DE EMERGENCIA. THIS IS A FIRE ALARM. USE EMERGENCY EXITS. ESTA ES UNA ALARMA DE FUEGO.

Lo peor, pensó Karlsen, fue que durante la interrogación se quedaba pensando que esa Malin era inmensamente atractiva. Pidió otra cerveza y un Maccallan con hielo y empezó a pensar en qué habría pensado

Camilla de lo que dijo en la interrogación con Malin.

en skikkelse lå der på bakken
så vond at de blomster rundt visnet
en dyster sjel lå der på bakken
så kald at alt vann ble til is
en skygge da falt over skogen
da skikkelsens sjel visnet bort
for skikkelsens sjel var en skygge
en skygge av vondskapens makt

DOMINGO, 9 DE DICIEMBRE

Mjelde se fue al baño y Karlsen siguió su juego de Wordfued con su amiga Leni90, quien también le informó que el periódico Aftenposten había escrito de Bruno K, que en la realidad se llamaba Bruno Kwiecien. El artículo de Aftenposten salió el 20 de noviembre, un día después de que escribieran los medios polacos acerca del profesor de bombas. Karlsen le dio las gracias a Leni por su ayuda y abrió la aplicación de Chrome en su móvil. Allí descubrió que la policía noruega negó que hubiera contacto entre Breivik y Bruno, según la TV2, debido a que la policía no sabía básicamente nada de un enlace así. En las palabras del abogado del policía Pål-Fredrik Hjort Kraby de Oslo: – No encontramos ningún tipo de información de enlaces entre estas dos personas en el material que tenemos. ¿Y eso significa que tampoco existe en realidad?, pensó Karlsen. Así cierran las puertas y el caso, tanto la policía como la prensa. Es una estupidez. ¿Sí existiera ese contacto, se encontraría información de eso en el material de la policía? Claro. Estas cosas son más claras que el agua, pensó Karlsen.

Mjelde volvió apenas balanceándose del baño del bar Hulen llevando dos cervezas y un Gammel Dansk. Olía a vómito, así que era obvio lo que había hecho ese escritor en paro en el baño. Vio que Karlsen se dio cuenta.

– No te preocupes, amigo. ¿Sabes? Tengo un plan.

– Sería mejor si pensamos en volver a casa, ¿no crees?

– Ahora sé cómo podemos recuperar tu teléfono, amigo.

Después de sonar la alarma de fuego en la estación, salieron un montón de policías y Mjelde se puso a pensar en huir, estaba lleno de nervios, pero se había quedado esperando lealmente a su amigo. Cuando se terminó la interrogación, y Karlsen volvió a salir maldijo a la policía y le contó que su Galaxy había sido robado durante la alarma. Lo más probable era que una policía se lo hubiera robado.

Se bebieron las cervezas, salieron del bar y subieron la calle estrecha hacia el Nygårdshøyden y giraron a la izquierda para entrar en el parque. Orinaron en el sotobosque de rododendro y se acercaron a su objetivo de esa noche: los drogadictos. Después de haberles convencido que no eran ni policías ni agentes encubiertos, sino lo contrario: que estaban buscando a un policía (que realmente era un ladrón, porque había robado la móvil de Karlsen), Mjelde y su amigo lograron explicar lo que querían a dos especímenes buenos de la especie de los drogadictos.

– Vamos a hacer un pequeño robo para recuperar algo que es mío, explicó Karlsen. – Es muy rápido y fácil. Os pagamos mil coronas a cada uno si lo hacéis.

Sabemos dónde está la casa, tenemos todos los detalles y nos encargaremos de todo, pero tenéis que dormir en mi casa esta noche.

Estaban en el bosque cerca de la casa de la policía Zachariasen en Åsane. Mjelde había llamado a un periodista en el cual tenía confianza y un fotógrafo del periódico BA. Los cuatro estaban observando la operación Galaxy. ¿Será un éxito total o un fracaso terrible? El fotógrafo estaba bien preparado con sus aparatos, enfocaba, ajustaba la cámara y el aparato automático que sacaba 300 fotos por minuto. Steffen y Thomas habían hecho crímenes por las noches de invierno antes, pero nunca así, un domingo temprano a la hora de misa. Mjelde se había asegurado personalmente que no eran cristianos que se levantaban temprano para ir a la iglesia.

Thomas dio una patada al cristal de la puerta del balcón y abrió la cerradura con sus guantes de goma. Steffen entró y al lado derecho encontró el Galaxy de Karlsen sobre la mesa de la cocina. Siguieron sus instrucciones y se llevaron tanto el teléfono como el cargador. Los dos drogadictos salieron después de noventa segundos y dieron el teléfono a Karlsen quien les dio mil coronas a cada uno y una propina de quinientas coronas por haber hecho un trabajo efectivo.

– Pero no ponga mi cara en ese periódico suyo, dijo Thomas amenazando al fotógrafo de BA. –¡Sabemos dónde vives tú!

Lo que pasó después, cuando los productos agrícolas importados por la OTAN de Afganistán hicieron sus caminos por las venas de Thomas y Steffen, fue un fracaso de verdad. Karlsen había tenido una sonrisa contenta al recuperar el teléfono, y era una persona más cínica y menos ingenua que su amigo, y aunque estaba contento por el éxito del robo, no tenía más ilusiones después de eso. Por eso puso en una página web unas

50-60 fotos que había sacado con la aplicación genial que se llama Prey. Las fotos eran de la policía Zachariassen, su familia y sus amigos, y Karlsen obviamente también escribió una exposición breve en la página web con toda la información necesaria.

– Lo siento Karlsen. Creía que podía confiar en mis amigos periodistas, pero no entiendo por qué no ha salido nada de eso en el periódico. Se trata de una policía robando a un acusado que está en la estación por una interrogación. No lo entiendo.

– No es la culpa de tus amigos periodistas, le dijo Karlsen para calmar un poco a su amigo. – El problema son los propietarios. Los buenos amigos. ¿Entiendes?

– ¿No te parece muy conspirativo hablar de masonería en esto y en todas las cosas?

– No. Nunca cuando se trata de la policía. Además, es más correcto decir conspiraciones o teorías de conspiración. Los conspiradores son los miembros de estas organizaciones.

JUEVES, 20 DE DICIEMBRE

Después del pequeño truco en Asana, Karlsen se había quedado en casa. No quería llamar la atención de nadie. Solamente salía por el supermercado Rema para buscar lo más necesario: café y cigarrillos. El nivel paranoico: naranja.

Habían aparecido unos sobres en su buzón los últimos días, pero él no tenía intenciones de abrirlo, ya quepensaba que eran de la familia y amigos de Zachariassen. Y quizás también de mis colegas de la estación, se le ocurrió, aunque los de la familia podrían ser muy graves y malos. Se imaginaba que uno de los sobres podría incluir requisitos, multas y cuentas que tenía que pagar por el proceso de Snortheimsmoen y Fredriksen en contra de su persona. Tanto el proceso civil come el proceso legal o como se definen estas cosas, pensó. Bueno, pueden hacer lo que les dé la gana, los sobres no ocupan tanto espacio y aunque el piso es pequeño, se pierde el tiempo intentando llenarlo con estos sobres ridículos... El techo también es relativamente alto. Los días eran así: despertaba, hacía café, fumaba (obviamente), leía (normalmente de la pantalla del portátil) escribía y se iba a dormir.

Como Karlsen no seguía ningún ritmo ni de día ni de noche, y tampoco tenía ningún compromiso fuera de la casa, el sueño también se convirtió en algo muy raro. Podía dormirse en la silla con el portátil en el regazo, y en parte por los sueños raros que te llegan por alto consumo de cafeína, podía despertarse quince minutos o media hora después, descubriendo que el vaso de café se había caído o que el portátil se había salido de su lugar, y así podía volver a trabajar tres o cuatro horas más antes de ser capturado otra vez por un sueño muy superficial en su nueva posición: sentado en la silla. Muy raramente se iba a la cama cuando tenía periodos intensos como este, y su espalda también le hacía darse cuenta de la falta del sueño normal y profundo.

"Es de noche. Un sonido muy brutal del teléfono llega a mi consciencia. Estoy bien despierta. La voz de una mujer me cuenta que me llama de NTB. Alguien ha disparado a Olof Palme y el primer ministro de Suecia está muerto". Así cuenta Gro Harlem Bruntland en su biografía sobre cómo supo el 1 de marzo de 1986 que su amigo y colega fue asesinado. En las próximas horas las olas de choque cruzaron todos los países escandinavos. En aquel tiempo, décadas antes del asesino de Anna Lindh y la masacre de los políticos jóvenes de AUF en la isla Utøya, lo de asesinar políticos y ataques terroristas era algo nuevo según el peródico Dagsavisen. Karlsen había visto la película Palme solo en el cine de Konsertpaleet. El cine estaba vacío. Fue un documental de la vida de este político y primer ministro sueco, que trataba sobre la infancia de Palme, cómo era como persona y sobre todo, cómo era como político y sus palabras fuertes en contra del apartheid en Sudáfrica y los ataques de terror de los EEUU en Vietnam y Chile.

El documental en la oscuridad del cine le hizo pensar a Karlsen. Lo que particularmente le llamaba la atención era el hecho que los niños de Palme escuchaban todos los días, por los hijos de los ricos y los de la derecha, acerca de las amenazas en contra de su famoso padre. También le llamaba la atención que la policía, en la noche del asesinato, solamente reportó de un 'hombre' asesinado, como si fuera cualquier persona. Cuando llegó la ambulancia al lugar del asesinato, se informó de que era Olof Palme –el primer ministro sueco y el objetivo del intenso odio –era la víctima disparada que ahora estaba muerto en la calle de Sveavägen. Además; el probable papel en la "liga de béisbol" en la muerte que iba a aterrorizar el estado de bienestar de Suecia durante décadas, fue algo que consideraba Karlsen. Logicamente tenía pensamientos de cómo era Palme como persona y político también: era un político medio molesto y aburrido de los socialdemócratas, por lo menos desde una perspectiva más moderna y joven, y sobre todo desde la perspectiva verde, la fe que tenía este partido en la industria, la tecnología y la energía nuclear era algo muy gris que representaba el pasado. En muchos sentidos, fue un Palme que ya había vivido sus mejores épocas y que fue asesinado esa noche el 28 de febrero de 1986 después de haber visto una película en el cine con su esposa, opinó Karlsen. Por otro lado, era un candidato muy actual para ser el nuevo Secretario General de las Naciones Unidas en la primavera. ¿Puede ser que lo mataron para evitar eso también, y así, de esta manera, encontró su muerte por razones políticas?

Estaba volviendo a casa muy pensativo esa noche y se sentía muy solo, tanto intelectualmente como físicamente, ya que era la única creación de dos pies que impidió que el cine cerrara el documental. Pero al mismo tiempo se sentía muy animado, optimista y lleno de expectaciones, se dio cuenta de eso sentado en su piso para empezar a ver la serie sueca. La muerte de un peregrino. La tele sueca la había pasado y uno de los 9 millones de los suecos la puso al Pirate Bay para que todo el mundo tenga la posibilidad de verla. Era muy diferente al documental porque no se trataba tanto de la vida de Palme (que fue llamado el político más grande del siglo XX, y Karlsen se había acostumbrado a esa frase), sino en la muerte o en el asesinato. La serie fue basada en el libro La caída del estado del bienestar escrito por Leif GW Persson, y este libro incluye las varias estrategias y huellas que siguieron los investigadores reales, según Flashback, una página web de disidentes suecos.

Al día siguiente, Karlsen decidió prestarse los tres libros en la Biblioteca pública de Bergen. Además, necesitaba salir un poco para no sentirse tan encerrado y era necesario comprar unos regalos de Navidad a la familia más cercana. ¡Se sentía demasiado mejor leyendo libros! En cambio, al leer la entrevista de Nettavisen sobre el primer ministro noruego Jens Stoltenberg y su cena de navidad con periodistas y editores, le llegó a Karlsen una necesidad de vomitar por la información contenida y el contexto de estos artículo por el hecho de que el líder político de su propio país les servía puras mentiras acerosas a sus electores, Karlsen prefería llamarlos los "tragadores", como ellos creían en cada palabra que salía de las bocas de los políticos llenos de traiciones. Era increíble que creyeran en las mentiras más absurdas, pero supieran hablar de las promesas más tontas rotas por los mismos miembros de la clase política.

et tordønn kaster ned staven
slår ormen i hodet med stein
reiser med lyn ned i haven
han finner i eiken en tein

DOMINGO, 23 DEDICIEMBRE

– ¡Preciosa es la tierra! ¡Poderoso es el cielo de Dios! ¡Preciosas son las almas de los peregrinos!

Karlsen no estaba de acuerdo con el evangelio oficial o la "evacuación oficial" que había sido la frase broma de él y sus amigos cuando eran pequeños y estaban en el bosque del parque observando las reuniones de los músicos y predicadores cristianos. Pero hoy tuvo que aguantar todo el espectáculo y tomar con calma el café de la iglesia durante la charla de la evacuación, antes de poder llevar sus bolsas de comida por las calles resbaladizas. Le dio un poco de rabia a Karlsen que la iglesia de Korskirken, en el centro, no diera comida a los que la necesitaban como antes, encima sin poner ninguna información de este cambio ni en su puerta ni en la página web. Pero después de investigarlo, supo que las bolsas de comida podían ser recogidas donde el Ejército Salvación en la calle Hans Haugesgate. Tenía que casi llorar un poquito cuando cantaban "Hay tiempos por venir, hay tiempos ya en el pasado, generaciones van a venir, generaciones van a pasar" ya que fue la línea de la canción que se había quedado firmemente en su memoria y cerebro por haber tenido tres generaciones de su familia bajo el mismo techo cada navidad celebrando y cantando mientras circulaban el árbol de navidad. Además, esta línea de su infancia quizás expresó una verdad de la vida muy fuerte que se reflejaba en él. Pero pronto vino la hora para la bolsa de comida para pobres como él, y tuvo que responder a las preguntas de siempre, como, por ejemplo, si eras musulmán, porque entonces no te daban carne de cerdo, y tuvo que enfrentarse con las miradas bastante condescendientes de las hermanas y sus gestos; era bastante obvio que ellas compartían una impresión de los pobres entre ellas mismas y que creían que todos eran exactamente como ellas pensaban.

Después de haber leído los dos primeros títulos de La caída del estado de bienestar — *Entre el extraño del verano y el frío del invierno* y *Otro tiempo, otra vida* — había visto, volviendo a la lavandería de monedas, un cuervo comiendo de la caída de un camión en la calle de Vaskerelven. Migajas de la mesa de los ricos, había pensado Karlsen, y se acordó que tenía que conseguir comida para los días sagrados y las vacaciones de la navidad. No solo de café y cigarrillos vive el hombre. Afortunadamente, para Karlsen no era ningún problema quedarse solo durante esos días – por lo menos para él eso no le parecía ningún problema, sino una ventaja, en ciertos sentidos – se trataba de días normales, casi como todos los demás, la única diferencia era que eran un poco más oscuros y sin mucha gente en las calles. Para un hombre como él, con su ritmo diario un poco extraño, la diferencia era prácticamente muy poca. También podía leer y escribir en paz.

En la lavandería Karlsen leyó de la señora Hildur Bakkene, miembro del Partido Laboral, que tenía una hija que encontró su muerte en el ataque de Utøya. Ella ahora había salido del partido. Su hermana había escrito un mensaje de texto a las 18.30 que nunca había podido mandar. En breve, Hildur Bakkene quería saber cómo era posible que la policía tardara tanto en venir a ayudar a los políticos jóvenes. ¿Cómo podían permitir que el asesino del este de la capital tuviera 75 minutos para matar a los jóvenes radicales? Esa era la misma pregunta que tenía Karlsen. Por eso el partido había intentado silenciar y al fin había sufrido suficiente, y renunció al Partido Laboral.

– Hay dos palabras que han perdido su significado para mí este año, dijo la señora en una entrevista con el periódico Aftenposten, – Estas palabras son: "responsabilidad" y "lamentar". Karlsen no pudo haberlo dicho mejor. Él había descubierto que la Comisión de 22/7 básicamente había recibido instrucciones de no buscar responsables, o no "designar cabezas de turco", como se llama ahora tanto en los Estados Unidos como en el país obediente de Noruega. No sirve para nada hacer el "blame game", se había dicho allí, en 2001. Al mismo tiempo el primer ministro Stoltenberg había dicho que iba a "tomar su responsabilidad" por el ataque terrorista, pensó Karlsen, considerando el significado de una frase así, llegando otra vez a la misma conclusión que Hildur Bakkene: que no tenía sentido para nada. ¿Sería posible mandar el caso de 22/7 a la CPI – la Corte Penal Internacional en La Haya – con el Stoltenberg como el sospechoso principal? Bajo la presión allí, en La Haya, ¿Era posible que le hubiera contado un poco más de lo que sabía a la gente de Noruega? Por lo menos existía la posibilidad, pensó Karlsen. No aguantaba ese juego de quedarse unidos – lo de uno para todos y todos para uno – donde nadie dijo nada y todos intentaron silenciar a los que hacían preguntas, como por ejemplo, el hecho que el hermano de nombre del terrorista, el policía Anders Snortheimsmoen, había participado en un ejercicio terrorista el lunes hasta el viernes en la fortaleza de Rauøya en Fredrikstad la misma semana y el mismo día que Breivik asaltó a los de Utøya. ¿Por qué tuvo que ser un secreto eso? ¿Por qué no había ni una palabra de este ejercicio de las tropas de emergencia en el reporte de la Comisión?

Karlsen no logró pensar más que: ¡Carallo!, una palabra que había aprendido por su nueva amistad erótica, viendo a las dos jóvenes españolas entrando a la lavendería en Vaskerelven por el ruido de las señoritas, Camila y Gabriela, problemas en cuatro pies, pensó, y dijo uh-oh por dentro de su alma. Camilla le sonreía y pasó dos dedos por su mejilla diciéndole un suave: – Te quiero, ¡carallo! Karlsen se puso rojo, les saludó y se disculpó explicando que tenía que hacer una llamada. Llama a un amigo, como en el programa Quién quiere ser millonario, Qué patético, pensó, pero Mjelde no estaba en la ciudad, y además tampoco tenía muchas ganas de hablar. Quizás estaría un poco paranoico después de la operación Galaxy, pensó. Acordaron en verse el primer Día de Navidad, pero ahora se encontraba otra vez en las manos de las dos estudiantes españolas.

La secadora terminó y Karlsen por fin pudo ir a casa. Escapé sin ningún daño, se reía caminando por las calles llenas de nieve sucia, llevando su ropa en una bolsa azul de Ikea. Había un montón de gente en el centro llevando sus bolsas de regalos, gente que vendía árboles de navidad y padres llevándoselos con sus niños siguiéndoles animados por volver a casa y decorarlos. De repente Karlsen se cayó en la calle helada de Fortunen, se maldijo y tuvo que recoger calcines, camisetas, camisas, su ropa interior de la calle sucia. Menos mal que no me voy a ninguna fiesta de Navidad, pensó. Llegó al piso, abrió la puerta, miró el buzón en la entrada y lo primero que hizo después de entrar fue poner el café.

Tanto esa noche como hoy, en la víspera, estuvo pensando en su sobrina Cecilie. Se había quedado durmiendo como siempre en la silla y con el portátil abierto, pero cuando se despertó unas dos horas después, los salvapantallas se habían encendido y mostraban fotos de la Navidad de hace unos 6-7 años. Allí estaba Cecilie, la niña que apenas sabía hablar, en un vestido rojo cantando canciones de navidad al lado del árbol, en la casa de su madre. Como normalmente pasan meses sin que aparezcan esas fotos, Karlsen estuvo muy sorprendido y las miraba con mucha emoción y se acordaba de los tonos de la preciosa voz de Cecilie cantando "Encienda luz", que también había cantado el año pasado en la cabaña de la montaña. Había una parte de esa canción que le llegó directamente al corazón: "Encienda luz para los que luchan por la libertad y por la verdad". Su sobrina cantaba esta canción de una manera muy linda, él no conocía esa canción. Lo de encender luz de velas para los que luchan por el lado bueno y contra la maldad, le parecía lindo. Pero lo que le llegó al fondo de su alma y que le hizo llorar en silencio, fue lo que pasó con los jóvenes el 22 de julio de 2011. Y él también se sentía como un luchador por el lado bueno, buscando la verdad, pero al mismo tiempo encontrándose en una situación absurda como casi nadie lo entendía. Casi nadie lo aceptaba, casi nadie lo sabía y nadie lo creía tampoco. Apenas lo aceptaron. Fue una situación parecida a lo que pasó en la Unión Soviética, cuando decían las autoridades que era necesario darles empatía a los mentalmente enfermos, que en realidad muchas veces eran disidentes y prisioneros de conciencia que los políticos y la policía secreta habían llevado a los hospitales mentales. Karlsen estaba llorando. En silencio. Solo. Se fue a la cocina y apagó el fogón donde estaba la carne de cerdo. Se fue a dormir temprano, esa noche, la víspera de Navidad.

eikens løv mot bakken faller
seidmannen åndene kaller
eikens løv mot jorden faller
seidmannen tryllevers traller

der er solens brennende kraft
der er jordens fruktbare hav
i seidmannens mektige skaft
i drottens beåndede stav

DOMINGO, 30 DE DICIEMBRE

Karlsen estaba en Finnegans tomando una Guinness debajo del techo, fuera del bar. Estaba fumando y jugando el Wordfeud. Estaba lloviendo a cánataros. Le llegaba un montón de mensajes de información, consejos y saludos. Leni90 le escribió muho, pero le mandó un mensaje diciéndole que estaba celebrando la Navidad con su familia. Como todo el mundo, pensó Karlsen. Él tenía una batalla de Wordfeud, como una copa de honor, organizado por un escritor y amigo de él de la capital. Karlsen era un novicio y estaba cazando puntos y palabras en la liga más baja.

Mjelde llegó en su típica manera: con una bolsa de plástico y zapatos deportivos. Pasó la puerta del bar, señaló al camarero que quería dos Guinness, volvió con dos vasos y se sentó.
– ¡Salud!, amigo. Feliz navidad, dijo Karlsen con

cuidado.

– Ah, no me digas mentiras. No es una Navidad feliz para nada.

– Bueno, puede ser que no, pero por lo menos; ¡Salud!

– ¡Salud! Te voy a contar de la puta navidad que he tenido en Askøy.

– No es necesario. Si no quieres hablar del tema no digas nada. Karlsen apenas ocultaba una sonrisa chistosa diciendo eso.

– Yo quiero hablar para terminarlo y despúes olvidar.

– Ok, entonces, habla amigo. Dímelo todo.

– Bueno. Primero se trata del concierto de navidad del castillo de Oslo que mis padres querían ver y por eso, de cierta manera me obligaron a mí también, aunque no me gusta. Sabes cómo amo los conciertos de navidad, ¿no?

– Sí, sí, sí, me he dado cuenta de eso. También es muy democrático que la cabeza del país haya nacido para tener este papel.

– Sí, exacto. Pero para empeorarlo, me dijeron que tenía que buscar otro trabajo, después de haber perdido el excelente trabajo del hotel…

– Ah, claro. En una situación así es bueno tener el apoyo de padres tan simpáticos como los tuyos.

– Jejeje. Sí. Y por fin iban a ir los viejos a la iglesia, sabes, ayer sobre las once. Mientras estaban allí vinieron dos policías a buscarme…

– ¡No me jodas! ¿Te llevaron a la estación?

– Sí, se trataba de la investigación del robo de una casa en Åsane, sabes… Supuestamente me sospechan a mí, pero yo he negado todo, obviamente.

– ¡Joder!

– Sí.

– ¿Crees que tus amigos los periodistas…?

– No sé. No tengo la menor idea. Yo pienso que es posible que el editor haya informado a sus amigos de la policía, a Zachariassen… Eso pienso yo.

Los dos señores deprimidos por la navidad pidieron un Gammel Dansk.

Necesitaban algo más fuerte que la cerveza, pero tambIén pidieron otra cerveza irlandesa. El camarero llegó con todas las bebidas y Mjelde empezó a hablar de otro tema delicado. Había los que habían intentado infiltrar la Unión Pro-Democrático para tener el control de esa página web subversiva. Además, su cuenta del Google+ se había suspendido, pero ahora, después de 2 días quejándose con ellos, tenía la posibilidad de escribir allí. Las cosas se estaban poniendo más difíciles, y los dos estaban en el centro de este proceso. Había los que no querían que hablaran. Tomaron la decisión de cambiar todas las contraseñas. Karlsen pasó un papelito sobre la mesa, contenía una contraseña que había escrito con su bolígrafo y su amigo lo tomó mientras irónicamente miraba por agentes e informadores en el bar… A continuación, tomaron la decisión de siempre salir de las páginas después de terminar de escribir, para aumentar la seguridad de esta manera. También, era necesario instalar Prey en todos sus teléfonos, ordenadores y otros medios de comunicación para poderlos buscar si alguien los roba.

– Pero dime, ¿qué pasa con las dos estudiantes de España?, dijo Mjelde.

– No. ¿Cómo? ¿Qué pasa con ellas?

– Bueno, pensé que podríamos verlas y hacer algo con ellas.

Mjelde presionaba a Kalrsen para hacerle mandar un mensaje a Camila y a su amiga. Karlsen en realidad no quería ponerse en contacto con las dos, con quien había ido a casa una vez, pero como Mjelde dijo que pagaría todo, resultó que por fin les escribió un mensaje breve en inglés.

– ¡Querido! We're at Pingvinen con amigos. Come here, come here, le respondió Camila en su mensaje de Facebook.

Karlsen subió a la calle de Vaskerelven hacia el Pingvinen con su amigo, pero tomó la decisión, allí andando por la calle mojada, que no quería tomar más que una cerveza con ellas e irse temprano a casa. Como excusa plausible les dijo que se había conseguido una enfermedad asquerosa durante la navidad, y dejó a las chicas criminalmente guapas en las manos de su amigo Mjelde.

Durante las vacaciones de la navidad, Mjelde había escrito en la página de la Unión Pro-Democrático que la CPI debería investigar a la policía de Noruega por su papel en el ataque de terror de Utøya. Había logrado obtener el apoyo de un pequeño grupo de personas importantes y respetuosas, como, por ejemplo, los doctores y científicos: Ola Tunander y Johan Galtung. Ellos también firmaron un documento escrito por Mjelde, donde argumentaba que la Corte Penal de la Haya debería investigar el ataque. Según Mjelde, eso era necesario porque ese acto criminal había pasado en un país donde el gobierno era *unwilling or unable to genuinely investigate or prosecute* (se expresó utilizando las palabras de las leyes y los reglamentos del tribunal CPI, no tenían ni la voluntad ni la capacidad para hacer una investigación real). En opinión de Mjelde, la comisión que investigaba todo lo del 22/7 no iba a tener opiniones de quiénes eran las personas responsables por todo lo que pasó. Eso también expresaba el primer ministro Stoltenberg varias veces. Eso no era hacer una investigación, según Mjelde. Además, el trabajo de la comisión ocultaba la actividad y la identidad de la persona (o las personas) que dos veces negaron que pudiera la tropa de Emergencia y su líder Snortheims-moen utilizar el helicóptero de la policía entre las 16:30 y 17:20 el viernes 22/07. Su identidad, por alguna razón, no fue divulgada por la prensa durante los primeros 17 meses después del ataque terrorista.

Karlsen estaba pensando en el tema que escribió su amigo a la CPI, el intento de piratear el foro de la UPD, el foro de Google+ y la policía molestando a Mjelde en la plena navidad. Todo tenía una conexión. Estaba comiendo su cena de navidad: cerdo a la noruega. Lógicamente la policía local hacía lo que sus compañeros de Oslo querían que hiciera. El efecto del alcohol se estaba yendo. Tomaba el café de navidad del famoso noruego Friele. Era navidad, a pesar de que estaba solo en su oficina.

LUNES, 31 DE DICIEMBRE

Por la noche del Día de San Estaban, la policía de Bergen fue hackeada por vándalos desconocidos de la red. El texto "WAKARIMASEN ZACHARIASSEN" apareció en todas las pantallas de la web de la policía. Fue escrito en todos los colores del arco iris, y también aparecía un gatito pequeño que estaba moviéndose de lado al lado de la pantalla. Cada vez que encontraba una pared, aparecía la expresión "¿Qué-es-lo-que-pasa?"

Los policías de Bergen se quedaron atónitos y todo pareció como si fuera algo hecho por Mjelde y la UPD, como venganza por los móviles robados y la interrogación de esa fecha tan incómoda. Karlsen leyó los comentarios en la UPD, donde la gente especulaba mucho sobre la identidad de los piratas. Él mismo había subido fotos hechas por la aplicación PREY al internet probando que la policía Zachariassen fue la culpable. Tanto eso como lo escrito por Mjelde tenía la capacidad para inspirar a los que simpatizaban con ellos a iniciar este ataque virtual. El gato de ¿Quéesloquepasa?, que fue el nombre que le describía en el foro de discusión de UPD, le hizo reír. También pensó que esa mascota electrónica le podía traer algunos problemas, y por eso hizo más para aumentar la seguridad tanto de su casa como la de sus ordenadores y móviles. Nunca podría saber si llegaría la policía o no.

Le llamó a Mjelde para preguntar si él creía que fuera posible que el periódico BT escribiera algo del caso ahora, ya que la policía fue hackeada, pero Mjelde le respondió brevemente con pocas ganas de hablar, pero le mandó a Karlsen un enlace de un artículo que se trataba de dos muertos por sobredosis en el parque de Nygård: Steffen y Thomas. Karlsen miró su móvil y se sintió culpable por haber sacrificado dos vidas por un Samsung Galaxy (aunque fue la idea de Mjelde). Al mismo tiempo, ninguno de ellos eran los asesinos.

Por la tarde, Karlsen estaba mirando un libro de fotos llamado "Un día de la historia" de Andrea Gjestvang que le había dado su hermana. Las fotos y las historias personales de los jóvenes que sobrevivieron al ataque en la isla le afectaron mucho más que de lo que él sabía expresar. Hace un año que no lloraba semanalmente por lo que pasó ese día, pero por esas fotos volvió todo. Lloraba sin sonido, como los noruegos a veces lloran. Sus lágrimas también le hicieron pensar más en Camilla.

Se habían visto cada día después de que ella llegara a Bergen hace cuatro años, pero antes de esto, habían mantenido el contacto por internet por siete años. Cuando se encontraron por primera vez en un bar en Londres, después de un día de trabajo en septiembre de 2008, había sido como encontrar a una persona que conocía desde siempre. Toda su timidez que tenía desapareció cuando estaba allí en el bar hablando con ella, fuera de un bar en la lluvia de Londres. Tenían un montón de cosas en común; también habían sido criados en el mismo barrio de Natland fuera de Bergen.

Su tema de conversación más frecuente era de activismo y terror. Hablaba mucho del once de septiembre de 2001 y los ataques de las Torres Gemelas en Nueva York, y todo el hecho que el narrativo presentado por el gobierno de los EEUU y la prensa era falso. El gobierno obviamente utilizaba el ataque como excusa para atacar los países que ya eran países atractivos por sus recursos naturales y el ataque apareció como una excusa perfecta para que pudiera extender su imperio. El 80% de los soldados en Iraq, por ejemplo, creían en la ilusión de que estuvieron allí porque pensaban que ese país tenía algo que ver con el ataque, aunque no había pruebas (había pruebas de lo contrario) que eran responsables. En la realidad, Afganistán tampoco era un país responsable por esos ataques, en la humilde opinión de Karlsen y Camilla. La lucha para la paz, o, mejor dicho: la lucha en contra de la guerra (los dos opinaban que había una pequeña, pero importante diferencia entre estos dos conceptos) era algo que les unía. Habían participado en muchas manifestaciones en contra de la guerra, una fue globalmente coordinada el mismo día, el sábad 15 de febrero de 2003, cuando millones de personas estaban en las calles de todo el mundo, en Hyde Park, en Londres, se reunieron más de un millón de protestantes. El efecto de esa manifestación, obviamente, no fue nada, excepto de las multas, las cabezas golpeadas por la policía y espaldas dolidas por haberse quedado debajo de las botas de los protectores de la ley. Después de esa manifestación, era imposible creer en mucha gente sus palabras en contra de la guerra y la voz del pueblo, podía tener un afecto en contra de las guerras. Eso era un tema que discutían casi hasta aburrirse de todo. ¿Por qué hacer una manifestación para llamar la atención a la injustica de la guerra si nadie quería escuchar? ¿Por qué no tiene ningún efecto reunir a millones de personas en las calles de todo el mundo? ¿Se puede decir que vivimos en países democráticos si la voz del pueblo no significa nada?

Después habían bombeado tres líneas del metro de Londres y un bus; Karlsen poco a poco se estaba dando cuenta que Camilla había estado allí en el metro durante del ataque, en camino al trabajo. Había salido del metro, buscando el camino por la oscuridad del túnel, y se había ido al trabajo. Había intentado de subir a un autobús, pero todos estaban llenos de personas que se habían escapado de los túneles. Al llegar a su oficina, había dicho a todos por mail y teléfono que se había quedado en estado de choque al principio, pero que ahora estaba bien y que lo iba a olvidar y seguir para adelante. Karlsen había aprendido a conocerla más cuando estaban en Bergen, que eso no era verdad para nada y que todo era muy difícil para ella.

Karlsen se acordaba de las imágenes de la tele de Tony Blair y George W. Bush desde el hotel al lado del castillo de Gleneagles en Escocia, donde estaban por la reunión del G8 el mismo día que el ataque del metro en Londres. Pensaba que era raro que estos dos líderes belicistas (pero obviamente no le sorprendieron) muy rápidamente culparan otra vez a los musulmanes como si otra vez hubiesen apuñalado a los cristianos anglosajones en la espalda. Las cámaras de vigilancia, tanto en el metro como los del autobús, habían fracasado ese mismo día, y la investigación de la policía fue un escándalo, exactamente como era el caso de Palme y los ataques de Nueva York. Además, Tony Blair dijo en una entrevista de la TV que sería: "a ludicrous diversion" examinar lo que había sucedido en el sistema de comunicación de Londres ese jueves por la mañana el 7 de julio de 2005.

Le llegó un mensaje de Wordfeud de Leni y eso lo despertó de sus pensamientos repetitivos. Abrió su Mac, se conectó a la red, vio el foro de la Unión Pro Democrático, pero después de poco tiempo le salieron las lágrimas otra vez.

jeg reiser til mørkets dyp der alt er dødt

inn i haugens mørke rike
der sitter de stille døde
må ikke for frykten vike
men reise til verdens øde

VIERNES, 11 DE ENERO

– Hablando de eso entonces, empezó Mjelde, en su inglés raro inspirado por el dialecto de la isla Askøy, es muy extraño, sabes, que en el centro puedes comprar todo por dinero, absolutamente todo: armas, sexo, drogas, encima puedes pagar para que maten a alguien, pero en la montaña de Fløyen y en todas las montañas de por aquí, la gente es súper simpática, se sonríen, comparten comida y tabaco con gente que no conocen para nada. Y si te vas a Kvamskogen, Hardangervidda y Jotunheimen, todos son más simpáticos todavía, ¿no ve? ¡Hay tantos contrastes!

– Hombre, realmente eres un primitivista irreparable, respondió Karlsen casi automáticamente, sirviéndose de la Rioja ecológicas de las estudiantes españolas.

– ¡Pero piénsalo! El centro de cualquier ciudad representa de alguna manera, el corazón de la civilización de esa gente. Y allí la gente hace casi lo que sea si alguien le paga. ¡Fíjate!

– ¿Y tu punto de esas palabras? Espero que tengas uno.

– Bueno, no sé, terminó Mjelde. Había perdido el

contacto con las chicas y cambió al noruego, algo que le pareció raro en este contexto como de cierta manera excluyeron a sus amigas. Hablaron un poco más de ellas de otros temas.

– ¡Mierda, mierda, mierda! ¿Qué puta madre han hecho esas sirenas seductoras con Mjelde? Fue el primer pensamiento que tuvo Karlsen al despertarse. El segundo fue que tenía que ver el foro de UPD. Nada de lo que él se hubiese imaginado en sus sueños de los temas que habían discutido era posible leer en el foro. Había llamado a Mjelde y ahora todos los cuatros estaban allí unos días después, en el piso de las españolas en la calle Klostergaten. Mjelde y Gabriela habían llegado a ser algo tan primitivo, como novios y eso obviamente significó que él estaba con Camila (que irónicamente tenía el mismo nombre que la mujer más importante de su vida). Al mismo tiempo ella era tan bellísima y linda que casi le dolía su alma y era difícil sentirse normal con ella por todos esos sentimientos mezclados.

– Qué será…, le dijo Camila en una manera un poco provocativa y se dio cuenta de que ella era muy diferente de su Camila con quien había estado antes aquí respirando el aire de Bergen. Esa mujer española supuestamente opinaba que todo lo que nos decían las autoridades (los gobernadores corruptos) era algo bueno. Puede ser por haber sido criada en un contexto católico, habían pensado él y su amigo cuando discutían el tema y cuando hablaban sus amigas de los temas que les interesaban. ¿Por qué no es posible para vosotros aceptar que esta fecha, el 22 de julio, es algo que ha pasado como todas las fechas de la historia y no pensar más en el tema? ¿Qué os pasa cuando siguen pensando en lo mismo todo el tiempo en esa época postmoderna de Europa? ¡Por Dios!

– Lo importante para nosotros es iluminar y buscar la verdad, no ocultar nada y no dejar nada en la oscuridad, había comentado Karlsen, que no tenía nada más que decir.

Mjelde tenía una respuesta más profunda:

– Su infancia católica es basada en una serie de mentiras, y eso hace que no toméis en serio lo más grave que ha pasado en nuestro país después de la ocupación de los nazis entre 1940 y 1945.

– Pero no hay nada que vosotros podéis hacer que vaya a cambiar la situación, ¿no ve?

– Si no hacemos nada, tampoco cambiamos nada, dijo Karlsen para apoyar a su amigo, pero al mismo tiempo para meterse otra vez en la discusión.

– Eso es correcto. Todo lo que necesitan los malos para ganar, es que los buenos se mantengan pasivos, explicó Mjelde.

Siguieron hablando en inglés, pero a las dos estudiantes jóvenes no les interesaba saber cómo eran las cosas en la realidad. Lo que más les interesaba esa noche, era cuándo se iban a ir al dormitorio. Supuestamente, eso es lo más importante para las jóvenes de España pensó Karlsen.

Unas horas más tarde se despertaron, cada uno abrazado por su española, pero sin saber si fue el cariño de ellas o el efecto del alcohol que les hacían sentir felices. Tampoco entendía exactamente por qué dos españolas jóvenes y lindas como ellas querían meterse con dos hombres medio viejos como ellos. A Karlsen eso le parecía sospechoso, y el tema le visitó en un sueño que se convirtió en una pesadilla en la cual ellas mataron a Mjelde. ¿No trabajarían ellas para sus enemigos?

Según las doctrinas católicas tampoco habían tenido sexo, la felación era una actividad aceptable que también podían hacer las vírgenes en el sur de Europa sin perder su valor. La fe tiene muchas cosas raras, pensó Karlsen. Tampoco es ninguna desventaja para los hombres católicos, pensó sonriendo consigo mismo.

Ellas eran tan jóvenes que habían perdido la lucha entre las fuerzas fascistas y anarquistas en su propio país entre 1930-1970. Para ellas, Hitler era como Gro Harlem Brundtland. Se trataba de gobernar un país, y según ellas, eso era el departamento de los políticos que gobernaban y no tenía nada que ver con la gente común y silvestre. Nuestro destino era trabar hasta pensar que la vida no era ningún regalo de libertad y dar al estado y a los gobernadores más de la mitad de nuestro sueldo como si fuésemos esclavos felices por poder pagarles los impuestos que nos obligan a pagar. Mjelde y Karlsen tenían una lucha personal para no perder la cabeza y la razón, enfrentados con esa grave ignorancia. Quedaron en no hablar del tema. No eran tontos tampoco.

har kommet vinterens time
når ulven og bjørnen skal dø
riv vekk det skinnet, en grime
tramp på det, si vinter, adjø

vinterånd, du skal dø
vinterånd, i snøen blø
vinterånd, jeg er sommer
vinterånd, og jeg kommer

DOMINGO, 13 DE ENERO

Alguien le había recomendado a Karlsen que leyera un artículo llamado "Los EEUU invadieron Irak porque sin hacerlo no sobreviviría" por el blogger Rickard Falkvinge, y especialmente los comentarios debajo del Blog. El fundador del Partido Pirata de Suecia dice aquí – y según Karlsen tiene toda la razón – que los americanos tenían que iniciar la guerra en contra de Irak el 2003, invadirlos y controlar el país, también como un ejemplo para demostrar fuerzas en contra de otros países que querían hacer lo mismo que Irak: vender su petróleo, no solamente en dólares, sino en otras monedas también. Eso era peligroso para el imperio de los EEUU. Como el petrodólar funciona como un impuesto en su imperio, el ejército de invasión y las tropas de ocupación de 2003-2013 funcionaron como recaudadores de impuestos. Lo primero que pasó después del discurso de Bush el 1 de mayo de 2003 de los portaviones, cuando él dijo que la misión fue completa y que habían ganado, fue que Irak volvió a vender su petróleo por dólares. *Mission Accomplished, indeed*, pensó Karlsen. Le dio rabia que él también había sido engañado hasta pensar en que la guerra era idiota y anunciada muy temprano sin tener las razones reales y lógicas: el problema era de otro departamento. Había sido engañado como todos los en contra de las guerras que pertenecían a la izquierda. Invadieron para cambiar el gobierno y controlar tanto el país como sus recursos, eso fue todo, lo demás fue propaganda y mentiras para ocultar las razones reales y no revelar el fascismo que en realidad gobernaba todos sus actos. Sin embargo, casi todos del oeste creían en esa propaganda de guerra. Los pensamientos de Karlsen se hacían oscuros.

Noruega también había querido vender su petróleo y gas en euro. Por lo menos tanto el Hallgeir Langeland del partido de socialista SV tanto como Svein Arild Andersen, de Oslo Børs, y Øystein Noreng, profesor de la universidad de economía BI, habían expresado su deseo de hacer este cambio. ¿Sería posible...? contemplaba Karlsen, ¿que los gringos llegarían a tener tanta locura que atacarían un país cristiano como Noruega, miembro de la OTAN? Estaba tomando su café de Friele esa mañana, como siempre, leyendo sobre ese tema.

Un comentario de "Steelneck" dijo el 6 de octubre de 2012: – Si solo fuera por Irak, no sería ningún problema para los Estados Unidos. Por el momento, Irak producía unos 5% de las exportaciones mundiales de petróleo, pero estaba a punto de propagarse, y Washington tenía que mandar las señales más fuertes posibles. Rusia, China, Irán, Venezuela y algunos países más, también habían empezado a indicar que querían salir del petrodólar. Noruega también vende partes de su petróleo en euros, pero molestarles a ellos sería muy grave y no ganarían nada los americanos, porque los noruegos son buenos amigos y tienen una reputación como un país pacífico (¿existe hoy en día un país que tenga mejor reputación que Noruega?), y también un país de la OTAN y vecino con Rusia. Es decir; meterse con Noruega en este sentido les lastimaría a los EE.UU mucho más que el hecho que el país que vende una cantidad de su producción de petróleo en euros.

Por otro lado, el bombardeo de *Shock and Awe* de Bagdad en marzo de 2003, también tenía repercusiones mundiales, pero con intención y sentido, pensó Karlsen. Tampoco estaba seguro de que Noruega realmente vendía petróleo en euros. No era creíble, porque ya fue un hecho que la empresa americana ICE, en realidad se ocupaba por todas las transacciones de petróleo y gas en los países del oeste. Según Wikipedia, esa empresa había remplazado IPE de La Bolsa de Londres en 2005. En todo caso, eran unas ideas muy oscuras.

– Bueno. Entiendo algo de eso. No todo. Pero algo. Suficiente para tener miedo. ¿Eso es algo que saben todos? ¿Por qué no hay más información de eso en la prensa? preguntó "RayJoha" unos cuatro minutos después de que "Steelneck" hubiera publicado sus comentarios. Su respuesta fue que la prensa vive de vender noticias, y por eso no escriben de hechos conocidos que pasaron hace más de 10 años y que 'todos' conocen (si ya entiendes el geopolítico, entiendes eso). Si eso hubiese sido información nueva, tampoco comentaría nada de eso, porque la prensa es muy políticamente correcta. Además, mienten mucho y ocultan un montón. No es un tema que les interese.

Karlsen estaba fomentado. Mandó unos enlaces de artículos a UPD y un mensaje a su amigo. Mjelde le podía encontrar en el bar el Baran en una hora y media. Eso le dio tiempo a Karlsen para ducharse y devolver los libros de Leif GW Persson en la biblioteca. Mientras se duchaba y lavaba su cuerpo viejo pensaba en lo que pasó alrededor del lago Siljan en Suecia, al lado del cráter de meteorito al oeste de Trysil. Le parecía tan raro que el jefe de la policía se encontrara allí la misma fecha que el líder social democrático fue disparado ese viernes de 1986 en Estocolmo y también durante el ataque de terror en Oslo de 2011. ¿Fue una pura coincidencia? Él opinaba que fue muy sospechoso que tanto el jefe de la policía de Suecia Hans Holmér y el líder de las policías de Noruega se habían encontrado exactamente allí esos días cuando el terrorismo atacó al movimiento laboral escandinavo.

Hacía frío en el centro, casi hasta congelarse, pero el sol sonreía a Karlsen por primera vez en unas semanas. Estaba en la calle Strandgaten caminando hacia el laguito Lillelungeren. El sol casi nunca estaba despierto al mismo tiempo que él. Puso los libros en la máquina de la biblioteca, salió y se compró un refresco de naranja en el quiosco de Narvesen. Después fue a Engen y entró a su bar favorito, "El Baran", en la calle Sigurdsgaten. El bar también había empezado a vender su propia cerveza, y era muy rica. Según Karlsen, una de las mejores cervezas locales de la ciudad. Pidió una cerveza y el juego Go de Japón (ese bar era el único que tenía ese juego).

Llegó una persona con dos bolsas de plástico, ropa de lluvia y zapatos deportivos. Mjelde había aparecido, y el partido podía empezar. La desventaja de ese juego era que había pocos noruegos que lo conocían, pero al mismo tiempo tenía la grande ventaja que era un juego realmente clásico, teniendo más de 5000 años en el este. Era mejor que las damas chinas en el mismo sentido que una computadora era mejor que una tabla para cortar pan, pensó Karlsen.

– ¿Qué te parece *El cementerio de elefantes*? preguntó el amigo recién llegado.

– ¿Qué? ¿A qué te refieres? ¿Estás hablando de algún concepto...?

– He empezado a escribir un libro. Se va a llamar *El cementerio de elefantes*, o quizás *Necrópolis de elefantes*.

– Qué bien, Mjelde. ¿Tuviste la idea mientras follabas con esa Gabriela? ¿Te van bien en este sentido estas chicas? Karlsen tenía que reírse de su amigo.

– Jejeje. La idea es escribir de lo que nadie habla, como el elefante en la habitación. Pensé que los héroes de este libro podían sacar los elefantes de todas las casas de esta ciudad, acompañarlos a través del puente de Askøy y enterrarlos donde el lago Kråkåsvannet dentro de la isla.

– Jaja, buena suerte. Es un concepto muy interesante, pero como ya te conozco, pienso que vas a trabajar más metafóricamente. Lo del puente y enterrar los elefantes va bien para la versión de libro para niños.

– Jeje. Uno de los elefantes es la política exterior y la de energía. Todas las realidades crueles son ocultadas por una fachada de paz y protección del medio ambiente. Me hace pensar en la película La Matriz.

– Puedes escribir el libro para niños primero, como un señuelo para el libro más importante. ¿Conoces a alguien que sepa hacer dibujos?

– Lo hablé con Gabriela. Ella sabe hacer dibujos y tiene algunos muy buenos. A ella también le encantan los pequeños. Mjelde tenía una expresión muy soñadora.

Ten cuidado con ella, pensó Karlsen, pero sin decirlo. Era suficiente que todos ya supieran que había soñado con las nenas españolas bestialmente matando a Mjelde. Había sospechado a las mujeres, obviamente, también por razones plausibles, pero ahora le caían mejor y él era más positivo.

Los amigos salieron a fumar para celebrar los libros (la idea de los libros) en la calle Sigurdsgaten. Después volvieron a entrar para pedir más de esa cerveza local y jugar el juego. No le salió bien a Karlsen, pero tenía un plan para capturar las piedras negras, poco a poco. Tenía que cambiar el foco y distraer a su amigo moviendo las piedras de otros lugares de la tabla, y al mismo tiempo ocuparle un poquito hablando de las cosas normales, y por fin toda la tabla se volvería blanca.

– Yo también he pensado en unas cosas después de la fiesta con las bonitas, Mjelde. Karlsen puso una piedra sacrificada que Mjelde con facilidad podía ganar y de esta manera distraerlo.

– Estoy en estado de choque, amigo.

– Jejeje. Yo he pensado en ese puto síndrome de Oslo: Somos una nación atacada y las autoridades intentan de todas las maneras posibles excusar a los terroristas, y después excusar a todos que les han ayudado y a los que han sido culpables. Su argumento principal para decir que no quieren sancionar a nadie de los que han ayudado simplemente porque ha sido un ataque muy grande y grave, y con tantas víctimas y muertos, es que no se puede ni sancionar ni investigar a alguien por haberle ayudado al terrorista. ¡Es increíble!

– Bueno, eso es muy típico para un país como el nuestro.

– Pero es completamente, increíblemente, loco, dijo Karlsen, quedándose sin más palabras, pero puso otra piedra en la trampa que le preparaba a su amigo.

– Tengo curiosidad de saber qué es lo que fuman allí donde las fuerzas particulares del Muelle.

– Pero, por otro lado, al fin y al cabo, el terrorismo se trata de comunicación. Obviamente es una manera de comunicarse que es más fuerte que la palabra escrita por los medios normales, pero todavía se trata de comunicación. Remitente, mensaje y receptor, sabes. Es muy lógico en nuestro caso quiénes son los receptores: había una bomba en la plaza de Einar Gerhardesen y la masacre de la isla Utøya, donde los políticos del partido laboral se han reunido durante décadas, por eso, los receptores eran los líderes del partido, aunque salieron sin ser dañados.

– Exactamente. Eso creo. Mjelde no se dio cuenta del peligroso blanco de la tabla. El plan funcionaba.

– Un buen remitente y un experto de comunicación obviamente no matan con quienes se quieren comunicar, opinó Karlsen. – Es obvio que Jens Stoltenberg y los otros líderes, son los receptores que salieron del ataque sin ser afectados del mensaje, pero; ¿Cuál era el mensaje? ¿Qué querían comunicar los terroristas? Yo opino que es posible encontrar los remitentes si conocemos el mensaje, además, opino que es posible revelar la verdad del mensaje si conocemos a los receptores, es decir a los líderes del partido laboral, AP.

– Exactamente. Matas a alguien para comunicar algo a una tercera persona, otra persona, o mejor dicho: a otro grupo. Mjelde prestaba mucha atención a las palabras de su amigo, pero poca en la tabla.

– Además, me parece un hecho que los receptores tampoco eran todos los noruegos, la gente normal. Si fuese así, obviamente, significa que el mensaje hubiese sido muy oscuro, porque el pueblo en realidad no tiene ni poder ni influencia en este reino no-democrático. Solamente los del gobierno de AP, con sus ministros, aliados por sus hermanos en armas del partido del centro, SP, y el partido de la izquierda, SV, tienen el derecho de tener reuniones con el rey, y solamente cada viernes. Lógicamente, el mensaje no es no hacer camping en una isla en el verano. Tampoco es que los hijos de los noruegos puedan ser miembros del partido laboral AP. ¡Claro que no! No, el pueblo no es el receptor, opinó Karlsen. – Bueno, si la intención fue crear una confusión total y mandar un mensaje muy oscuro, entonces sí, pero eso no tiene mucha lógica tampoco.

– Escucho tus palabras, amigo. El hecho que ni Noruega ni los EEUU sean países democráticos me parece el elefante más grande…

– ¡Veintitrés pequeños esclavos negros! exclamó Karlsen triunfando. Sacó las piedras de la tabla y las puso en la bolsa.

– ¡Qué puta madre! exclamó Mjelde, y se dio cuenta que había perdido por completo.

når snøen smelter gråter vi
vinteren har blitt beseiret
eikeånden vil bli satt fri
sommeråndene har feiret

kommer en ånd ifra nede
hest ifra dypet det skjulte
for å mennesker berede
hele vår verden den ulte

DOMINGO, EL 20 DE ENERO

– Querido mío, querido… Gabriela intentó ponerse en contacto con su Mjelde, que obviamente tenía sus pensamientos ocupados.

– Tenemos que tirar piedra a piedra… Mejor dicho, como dijo otro Mjelde de esta ciudad: construirlo poco a poco, piedra sobre piedra… habló un poco de inglés y un poco de noruego, así que existía entre ellos ahora un muro de intifada de idiomas. Gabriela suspiró pesadamente.

– Tirar o construir entonces, resumió Karlsen. – La intifada ha probado los últimos veinticinco años que lo de tirar no funciona muy bien.

– Exacto, dijo Mjelde. – Por eso tenemos que destruir el imperio de maldad para construir algo nuevo, para que lo viejo se desaparezca. Mjelde también estaba por vencer a su amigo en la tabla, construyendo piedra por piedra.

– ¿Pero ese imperio va a bombardear lo que construimos entonces? Y después van a venir con sus buldóceres exactamente como en Cisjordania, destruyendo todo casa por casa.

– Si construimos una fortaleza de ideas fuertes, evitamos eso, dijo Mjelde, el soñador. Tomó otro vaso de vino del cartón. Bebió un trago largo y encendió un cigarrillo. – He vuelto a leer Tunander, y ese hombre de puta madre es el mejor que tenemos aquí en este país de montañas y piedras. Aunque en realidad es de Suecia. Mjelde dio un beso a su novia y le susurró que necesitaba media hora más para poder vencer a su amigo por completo.

– ¿Escribes más sobre este fenómeno del estado dentro del estado?, preguntó Karlsen, que de repente se sintió un poco solo. Tampoco le gustaba la dominancia negra sobre la tabla de la mesa baja de vidrio que les separaban.

– Es más como un estado doble, le corrigió Mjelde. – No es suficiente hablar solamente de un estado de subducción; Tunander tiene pruebas de que hay dos estados ocultados así que son muy represivos y malos.

– ¿Y es uno peor que el otro? preguntó Karlsen encendiendo otro cigarro, preparándose por lo que vendría.

– Eso sí es cierto.

– Te escucho, dijo Karlsen en sueco, inspirado por otro escritor sueco, GW Persson, pensando en sus libros de Palme.

– Bueno, lo que escribe me despiertan las emociones que siempre he tenido… Que hay algo malo y roto… Que nuestra democracia no es… cien por ciento… democrático… que todo es mentira.

– No eres el único que lleva por dentro esos sentimientos.

– Lo sé. Gracias a Dios, si existe. Estos estados son más o menos como esta tabla del juego. Hay piedras negras y blancas que están mezcladas, de cierta manera, pero el estado negro, por su lado, está invisible para la mayoría de la gente. Mjelde se acordó de una noche cuando había subido a la montaña Ulriken en su juventud llevando la carpa de su padre para pasar la noche allí, mirar las estrellas y quizás unos meteoritos (que nunca llegaron). Al fin y al cabo, se había quedado pensando en lo que no podía ver: la oscuridad, la materia negra y el agujero negro en el centro de la galaxia de la Vía Láctea y las fuerzas ocultas que gobernaban todo.

– Pero, ¿El estado negro es el estado dentro del estado?

– Sí, claro. Pero al mismo tiempo la realidad negra es que los suecos nunca han tenido ninguna democracia. Han tenido una democracia en el nombre, pero nunca ninguna democracia verdadera. ¿Me entiendes?

– Uhm. Sí, claro. Karlsen pensó en cómo hubiese logrado el doctor Tunander probar esa tesis tan chocante.

– Cuando había manifestaciones de gente con hambre en las calles de Estocolmo antes de la primera guerra mundial, explicó Mjelde. – La familia poderosa y rica de Wallenberg se puso en contacto con el partido conservador y les recomendó que el gobierno introdujera sufragio universal y elecciones reales.

– Más o menos como en Noruega entonces, dijo Karlsen pensando en el hecho que las mujeres noruegas tuvieron el derecho de votar en 1913.

– Sí, exacto, pero escúchame bien, porque eso es muy interesante y dice mucho: La clase alta, lógicamente, sabía que el sufragio universal les sacaría el poder simplemente por la cantidad de habitantes de las otras clases. Es decir; la elección real les daría el poder a los trabajadores y a los pobres. Mjelde hizo una pausa. – Y la solución de la clase alta para combatir eso era mantener el poder en pocas manos a través del estado doble y el modelo del estado profundo.

– ¿Así que ellos tuvieron el derecho de votar, pero el poder verdadero no se encontraba en el parlamento?

¿Eso es lo que me dices?

– ¡Exactamente! El estado democrático que nos enseñaron en la escuela solamente fue la versión de la matriz, un escenario falso, algo que yo digo que es como las noticias para niños de la tele y que no dice nada de cómo funcionan las cosas en realidad.

– Pero Suecia parece ser muy transparente, democrático hasta lo aburrido, en muchos sentidos, ¿no es así?

–Eso. "Parece ser" son las palabras importantes en este contexto, dijo Mjelde hablando más que respirar. Era obvio que tuviera más que decir. – Estamos hablando de Suecia, el país que parece ser democrático y que nunca ha tenido un golpe de estado como los de las dictaduras fascistas de Portugal, España, Italia, Alemania, Grecia y Turquía… es decir; ¿El asesinato de Palme el 28 de febrero de 1986 no fue algo parecido?, preguntó, por fin, sacando un grupo de piedras de la mesa y las puso en la mesa de lado, mirando a su amigo para que se diese cuenta de que había sido vencido.

– Pero, ¿La única prueba de la existencia de este estado dentro del estado – para nosotros la gente común y silvestre – es el asesinato de Palme?, que tampoco es un crimen revelado, dijo Karlsen triunfando.

– Hay que preguntarse por qué no ha sido revelado entonces, ¿no ves? Porque la policía de repente se olvidó de todas las rutinas normales, estaban avanzando muy lentamente hasta no avanzar para nada, explicó Mjelde, teniendo los ojos muy iluminados. – Tampoco bloqueaban las calles de la ciudad, y no consiguieron tomar pruebas de la persona que disparó a Palme. Es decir, en palabras claras como el agua, que escondieron odo, que lo dejaron en la oscuridad a propósito. La investigación era una tragedia.

– Exactamente como el caso de Utøya, entonces, dijo Karlsen. Quería más vino, pero primero tuvo que ir al baño.

Mientras tanto, Gabriela se aprovechó de su ausencia y se acercó a su novio para acariciarle y besarle. De esta manera logró distraerle un poco antes de que volviera Karlsen.

– En este caso, la familia real aparece con los jefes de los militares como los líderes reales de los aristócratas de Suecia, que son de hecho, los líderes del país. Las noticias y las enseñanzas nos cuentan que la monarquía es una formalidad sin poder real, algo que tenemos por razones históricas, que no tiene ni significado ni poder, pero parece que el estado democrático realmente es la formalidad que funciona solamente como símbolo, pero sin tener mucho poder. Le dejan a este sistema hacer cosas que no tienen mucha importancia, pero si hace algo que no coincide con los intereses de los aristócratas y el poder real, saben cómo pararlo. Trato hecho, pensó, y puso unas piedras sobre la mesa que hicieron una frontera entre su imperio oscuro y el imperio blanco de su amigo.

– Hmm. Ok. Pero, ¿No opinas realmente que el rey sea el líder de los criminales en el estado dentro del estado? Karlsen miraba a su amigo y quería que volviera Camila de la tienda. Sentía que le extrañaba.

– Jajaja. ¡Claro que no! Según Ola, los líderes son los del estado dentro del estado de los Estados Unidos, tanto en los EEUU como en Suecia y en todo el Großraum – un concepto de Carl Smith – de Europa y en Suecia, a pesar de que Suecia no está en la OTAN.

– Exacto.

– Es decir, Suecia es el gobernador del estado oficial, el estado pseudo-democrático, pero los EEUU y los militares están controlándolo, por el estado dentro del estado, y sabe qué hacer para manejar todo si se va en una dirección que está en contra de su interés.

– Necesito más vino, dijo Karlsen. Puso las piedras blancas en la bolsa. No ganaría el juego esa noche.

– No tenemos más, pero gracias por jugar, amigo. Tenía que tener cuidado en decir demasiado del juego a su amigo. No le gustaba perder, pero a él tampoco le gustaba. La competición, el instinto de querer ganar les hacían tener algunos sentimientos conflictuales, pero pasarán.

Al mismo tiempo, volvió Camila de la tienda. Llevaba dos botellas de vino tinto, una bolsa de chips, dos raciones de bacon y jugo para el desayuno de mañana. Karlsen se levantó del sofá, la besó y la abrazó. Sintió el olor de su cuerpo y ella le preguntó quién había ganado el juego.

– No hablemos de eso, dijo Karlsen sonriendo. – Ahora vamos a pasarla bien.

på det høyeste fjell i øst
kan du se solen den røde
du kan se og nyte den trøst
fra varden se jorden føde

LUNES, 21 DE ENERO

Karlsen estaba en el tren de camino a Oslo, leyendo sobre el conflicto en Mali y lo que había pasado en la producción de la empresa Statoil en el desierto. Los periodistas escribían que la razón más importante de la presencia de los europeos en esta región fue para evitar y combatir el terrorismo, pero esa era una mentira grande, porque todos saben que ese tipo de acciones militares provocan el terrorismo. Las autoridades comandaron a un montón de policías patrullando las calles de Paris, había un incentivo militar que provocó un ataque de terror en Argelia, y por fin apareció la situación de los rehenes en la fábrica de gas de Statoil. La opinión general, era que el motivo por el terrorismo eran los ataques de los países europeos y los de los EEUU a países islámicos. Pero Mali tiene uno de los recursos más ricos de uranio y también tiene petróleo, y Karlsen pensó que esa era la motivación más importante en este contexto. Es más importante asegurarse el acceso a estos recursos que combatir el terrorismo. Los artículos le daban rabia a Karlsen. No eran completamente sin sentido, pero había mucha información que no revelaron, por ejemplo, el hecho que Mali era un exportador grande de petróleo y que el Deutche Bundesbank obligó a los EEUU y Francia que pagaran su deuda a Alemania en oro, y eso no podían hacerlo sin robar el oro de Mali primero. Además, la falta de información de la prensa noruega de Mali fue otra indicación que los responsables por el terror en la región fueron los agentes del oeste. Era como un teatro de guerra del Großraum de los EEUU, organizado por Langley, Pentágono o Africom. Para Karlsen, no era tan importante cuál agencia del estado dentro del estado era la que hizo eso. Los franceses, por su parte, mintieron sobre su posición, de que estaban allí por el bienestar tanto de África como Europa, y eso le hizo querer vomitar a Karlsen. El mundo era un teatro, y los directores realmente tenían la intención de engañar al pueblo.

El nombre "Extermina" le hizo reír. Fue una empresa privada que había contratado NAV, los servicios sociales del bienestar del estado de Noruega, para darles un trabajo sin sentido a gente como Karlsen y otras personas que no hacían nada de su vida. *On a government scheme designed to kill your dream,* Karlsen se acordó de las palabras de Morrisey de los años ochenta. Fue por la culpa de Extermina que él ahora estaba aquí en el tren en camino a Oslo, con una botella cara de vino tinto, para ir a una entrevista de trabajo en Kolsås, un poco fuera de la capital. Durante una reunión obligatoria con otros en paro, organizado por NAV, había confesado a los otros desempleados que él mismo estaba investigando la masacre de la isla Utøya el 22 de julio, y que también fue uno de los expertos de Noruega tanto del 11 de septiembre de Nueva York como lo de Londres el 7 de julio de 2007. Los otros le habían aplaudido, y eso le sorprendió mucho. Después, muchos le habían contado sus propias opiniones y reflexiones de estos asuntos. La líder de la reunión, Hege, por su lado, una mujer rubia y fuerte de Bergen, que tenía una voz irritante y una presencia enorme (e irritante) había intentado de calmar el aplauso diciendo que, en realidad estaban todos allí para hacer exactamente el trabajo que les pagaron Extermina y NAV por hacer: crearse una carrera para el futuro para no depender del estado de bienestar. ¿Dónde quería Karlsen estar profesionalmente en cinco meses? Karlsen respondió que se contaba como investigador y periodista especialista en los casos de ataques de terror. Eso había hecho que los otros aplaudieran aún más, y por eso Hege, en un ataque de creatividad, nervios o venganza – Karlsen nunca había tenido la capacidad de entender a las mujeres rubias – le había encontrado una oficina donde él podía trabajar desde las nueve hasta las cuatro con el ataque de Utøya. Le mandó a escribir una aplicación, y cuando Karlsen intentó negarse a la mujer de Extermina el venir para trabajar a esa oficina, Hege de NAV le explicó que, si quería el dinero del estado de bienestar, tenía que subir al tren a Oslo el día siguiente. Por eso estaba aquí.

El tren estaba llegando a la estación de Finse, donde bajarían los deportistas noruegos que estaban inspirados por los héroes noruegos Amundsen y Næss. Obviamente iban a disfrutar la vida de invierno, esquiar y sentirse como gente de la naturaleza. Karlsen, por su lado, estaba tomando vino e intentó ver dónde estaba el glaciar Hardangerjøkulen. También consideró bajar del tren para fumar, pero se dio cuenta de que si perdía el tren no le pagarían nada, así que cambió de opinión. No quería correr ese riesgo, y tampoco quería quedarse medio borracho en el pleno invierno de quince grados bajo cero con una camisa sola, enfermándose a 1222 metros sobre el fiordo de Hardanger. La mejor opción, por eso, era pedir otra botella de vino y leer más de lo que había escrito su amigo Mjelde en el foro de la UPD. En todo caso, la entrevista era a la una y media el día siguiente.

Mjelde había sido informado por el programa de BBC radio *In the Balance* que el 19 de enero, después de 20 años de trabajo para resolver el problema de los cambios climáticos, se había logrado casi nada. Karlsen había bajado el podcast del wifi del tren de NSB, se puso los auriculares para escuchar cómo revelaron los británicos el hecho de que los líderes de los países democráticos realmente no sabían nada del tema, y tampoco sabían cómo bajar las emisiones del dióxido de carbono. Al mismo tiempo existían un montón de recursos de petróleo, gas y maneras para aprovecharse de estos, y por eso tampoco era muy probable que los gobiernos hicieran algo para combatir el problema. Como si eso no fuese suficiente, también tenían unos recursos militares tan enormes que podían iniciar conflictos para controlar otros países, Karlsen estuvo pensando en el momento que llegó una mujer morena muy guapa con una cámara muy grande y preguntó si se podía sentar a su lado. Karlsen intentó escuchar la información de su podcast. Ella estuvo sacando fotos de los esquiadores y el paisaje por la ventana. Por fin, cuando se empezó a mover el tren, sacó sus auriculares y saludó a esa mujer y empezó a hablar con ella.

En el camino hacia el complejo de defensa de Kolsås el próximo día, Karlsen estaba arrepintiéndose como si fuese un perro desobediente. Tomó dos botellas de vino en el tren, estaba, para él, más o menos normal, pero sabía que eso en realidad también era suficiente. El vino le hizo pensar que la morena, como ejemplo del sexo débil, era una mujer estupenda: que sus fotos eran geniales, que ella tenía una personalidad genial y que no pasaría nada si se fueran a tomar un whiskey en un bar de la capital. La noche terminó en la casa de esta Victoria, así que no había pagado el gasto de un hotel. Pero la falta de sueño le podía costar mucho antes de la entrevista. Además, la cuenta del bar tampoco le salió barato, pero ahora ese trabajo y la entrevista eran más importante.

tiden min renner bort og ned til et annet sted.

inn i døden, ut fra døden
inn i livet, ut fra livet
nedover og over elven
som ingen kilde har
inn i mørket, ut fra mørket
inn i kulden, ut fra kulden
gjennom tiden, ut fra tiden
der inne hvor guddommene smiler

jeg drikker fra glemselens elv
ror tørrskodd over hatets hav
seiler med vinden i ryggen
til maktenes ende, begynnelse og mening

MIÉRCOLES, 30 DE ENERO

Volviendo a Bergen, Karlsen se compró un café grande después de bajar del tren y se sentó en un banco entre unas cajas de flores al lado del lago Lille Lungegårdsvann, cerca donde está el museo de arte. Encendió un cigarro y miraba el paisaje del centro, la zona del lago y las impresionantes montañas alrededor de la ciudad; las zonas de Brattlien, Fjellveien y Skansemyren; donde viven los que tienen un poco de dinero. Había unos coches en las calles; manejando lentamente sobre el hielo de enero. La ciudad estaba en oscuridad. Karlsen estaba pensando en la criminalidad que parecía tener buenas condiciones en esta sociedad del capitalismo. Oficialmente, el gobierno luchaba una guerra en contra del narcotráfico, en contra de la corrupción y en contra del terror. Decir algo diferente también hubiese sido un escándalo, pero todos los que tienen cerebro y que no son imbéciles por completo saben que estas luchas tienen el efecto contrario. ¿Realmente era lógico y razonable aceptar el capitalismo como ideología principal para gobernar nuestros países a pesar de toda la criminalidad, el narcotráfico, la maldad que llevaba y la destrucción de toda la gente por el narco, el terror, la guerra contra el terror y las otras ramificaciones de este sistema? Algunos obviamente eligen el capitalismo, no solamente por estas ventajas, sino por los efectos secundarios, ya que ganan de eso. Empezó a llover. La lluvia cayó al agua, haciendo círculos sobre el lago.

Les pido disculpas a Eva Joly e Inga-Britt Ahlenius, pensó Karlsen, pero queremos tener el sistema así, nosotros que tenemos un poco de plata. Terminó el cigarro y se fue a casa para dormir.

– Siéntate tú, amigo, me toca a mí comprar cerveza, dijo Karlsen a Mjelde.

– También creo que te debo dinero, y lo que ganaste trabajando en el hotel ya lo has perdido, me imagino. Puso dos cervezas frías en la mesa de la ventana en el bar Pingvinen.

– Entiendo que el NSM de Oslo te dio el puesto de trabajo…, dijo Mjelde, sorprendido por el hecho que Karlsen le ofreció pagar las cervezas y lo estudiaba más de lo que normalmente estudia a los hombres.

– Está en Bærum, dijo Karlsen. – Kolsås está en Bærum, que es parte de Akershus, que no tiene nada que ver con la capital. Está fuera de Oslo y no depende de Oslo.

– Hombre, venga. Sabes qué te quiero preguntar. ¿Tienes el trabajo o no?

– Eso es información confidencial, le dijo Karlsen en sueco. – Se trata de la seguridad del estado y todo eso, dijo sonriéndole de una manera que nunca antes le había visto Mjelde.

– ¿Ah, sí? ¿Lo tienes? Era difícil para Mjelde sacarle una respuesta clara a su amigo, y Mjelde también parecía un signo de interrogación.

– Es genial haber vuelto a la ciudad de lluvia, dijo Karlsen para cambiar el tema. – En la capital hacía frío; 15 grados bajo cero y aquí solamente cinco. Eso es muy raro, especialmente si tomas en cuenta el hecho que Oslo está casi en la misma latitud que nosotros, solamente un poquito más al sur... Estaba hablando casi sin parar. Seguía lloviendo.

– ¿De qué cojones estás hablando? ¡Qué puta madre! dijo Mjelde con la voz de un cantante local. – ¿Y por eso estás llevando este iPad, escuchando cosas todo el tiempo? – Mjelde estaba mirando su mini-iPad que estaba al lado de la cerveza.

– Es un aparato fantástico, dijo Karlsen sonriéndole. – ¿Qué ha pasado aquí en Bergen?

Después de esperar mucho tiempo, le habían dado la autorización de seguridad de las autoridades de la seguridad nacional, NSM, en Kolsås. Por eso podían seguir la parte más importante de la entrevista, donde le explicaron sus tareas de trabajo. Había dejado el complejo en la calle Rødskiferveien de Kolsås con un disco duro de 128 gigabytes. Su GPS había vuelto a funcionar, Karlsen había pagado al taxista en efectivo de su primer sueldo en años y entrado a la tienda de Apple en Oslo para comprar un iPad para remplazar el portátil viejo que tenía. Después se fue al bar Internasjonalen para tomar vino blanco y comer algo. Estuvo pensando en la historia del escritor Bjørneboe y el filósofo Næss que también habían entrado en el complejo de la OTAN en Kolsås. Según el profesor de filosofía, estuvieron allí solamente para robar un poco de vino para el caviar que tenían en la cabaña del escritor. Karlsen había mandado un emoticono sonriente a su nueva amiga.

– ¿Aquí? Casi nada. Bueno, el BA ha publicado por fin el artículo de tu móvil que logramos recuperar. Hay fotos y todo. Zachariassen ha perdido su trabajo de policía y ahora ha sido acusado también por matar a dos drogadictos del parque. Nada más. Mjelde sabía que Karlsen había comentado estas noticias en el foro de UPD porque había puesto una de esas firmas que dice mandado por mi iPad.

– Todo pasa por algo, Mjelde, dijo Karlsen. – Este caso también salió en la prensa el mismo día que yo tuve la entrevista de la oficina de OTAN, ¿no es así? Su sonrisa grande le reveló.

– ¡Qué puta madre, hombre! Tenemos que fumar.

Después de la estancia fría, pero por lo menos seca, de Oslo – que también había sido una estancia más larga de lo planeado por la culpa de esa Victoria – Karlsen se sentía feliz por haber vuelto a la lluvia de Bergen. El clima le hizo pensar en las películas La Matriz y El cazador implacable. Pero le hizo sentirse, de alguna manera, inestable cuando se dio cuenta que a veces era necesario irse de su pueblo y su casa para entender ciertas cosas.

– Otra cosa es que no me pueden obligar a participar en las reuniones de Extermina. ¿Qué quieres tomar? ¿Whiskey? ¿Un Gammel Dansk?

kom død, kjære død
gi meg løsning på alle gåter
gi meg nøkkel og tryllestav
knyt opp verdens knuter

hvorfor i døden, min venn, og der alene
hvorfor i glemselens elv du stuper
hvorfor i mørket, min venn, og der alene
søker du lysets vennlige varme

la meg åpne det lukkede rom
la meg riste de skjulte runer
la meg kaste mitt spyd
midt i trollets kalde hjerte

VIERNES, 1 DE FEBRERO

En el amor y la guerra todo se vale, pensó Karlsen. El trabajo que ahora iba a hacer era un trabajo de guerra, pero por lo menos la lucha solamente se encontraba en el mundo semiótico. Buscó un poco de información en su disco duro de NSM y la puso con retraso en el foro de UPD. Mientras tanto configuró el servidor en una mara que hizo que solamente fuera accesible para un sistema de IP en todo el mundo: la de OTAN de Kolsås. Los artículos habían sido cambiados, pero escritos en el estilo de siempre, y se trataban del grupo de sionistas llamado Irgún y sus ataques de terror de las oficinas del gobierno, el atentado al Hotel l Rey David en Jerusalén el 22 de julio de 1946. El líder de Irgún Menachem Begin había recibido el honor de ganar el premio nobel de la Paz en las oficinas del alcalde de Oslo. También puso un artículo del agente de Mosad Mike Harari, conocido por el asesinato de Lillehammer, que había sido observado en Oslo el 22 de julio. Los artículos salieron a las doce el 1 de febrero. Karlsen estuvo vigilando el registro del servidor y notaba los números de los IP que estaban entrando, abriéndolos uno por uno.

Un enigma envuelto en un misterio dentro de otro enigma. Las palabras de Churchill para describir la estratagema de Rusia, pero también palabras que describían bien cómo funciona el mundo hoy en día, opinó Karlsen. El 22 de julio fue un día así. Una operación clásica de la CIA y la OTAN envuelta en símbolos sionistas y escondidos debajo de la máscara de un joven rico de la capital que odiaba a los musulmanes.

Karlsen no sabía exactamente qué tipo de papel tenía NSM en todo eso, por lo menos se había dado cuenta de que esta oficina había criticado tanto al gobierno y a la policía en los meses después del ataque por la manera de interpretar información, la falta de responder y no asegurar en una manera adecuada las oficinas del gobierno central. Además, parecía que ni la policía ni el gobierno querían involucrar NSM en la investigación, y eso hizo que Karlsen tuviera un poco de confianza en su empleador nuevo. Pero al mismo tiempo NSM fue fundado después del once de septiembre, tenía como papel trabajar en comunicación y había un montón de gente trabajando allí y era posible que muchos tuvieran otros empleadores también.

Los fascistas de siempre decían lo que siempre decían y de esta manera cantaban la canción de la prensa normal. El mismo teatro de imbéciles de siempre. El profesor universitario Asbjørn Dyrendal, por ejemplo, repitió su número fantástico de siempre y dijo que era más fácil para los paranoicos creer en conspiraciones y dar la culpa a los judíos. El Bilderberg, la Orden de los Iluminados, la prensa controlada y partes del estado y gobierno de Noruega piensan que fue el ataque de un loco de Noruega. Además, dijo que los que creen en las teorías de conspiración se habían quedado decepcionados por la falta del cumplimiento del calendario de los mayas de 2012. El escritor del libro *KonspiraNorge* John Færseth estaba cantando versos parecidos en la tele. Dijo que lo que escribía Karlsen y gente como él, le hizo pensar en el extremismo del siglo pasado y grupos radicales y peligrosos de otros países que eran seguidores de gente extrema de otras épocas. Es decir, Karlsen fue una persona llena de odio a otra gente y era necesario medicarlo antes de que haga algo extremo, como por ejemplo, nombrarse líder de algún partido extremo, como por un Putsch de la Cervecería. El líder de la asociación de humanistas de Noruega, Didrik Søderlind, argumentó que la gente que leía a Karlsen era parte de un culto que en la realidad creían que los judíos eran responsables por toda la maldad del mundo. Por fin resumió el periodista Hans Petter Sjøli el teatro absurdo: lo de Utøya era así; un loco soltero, lo de Londres pasó así, lo de Palme y JFK, pero el 22 de julio no tenía nada que ver con 1946.

Al principio, en Oslo solamente había jugado un poco con su nuevo iPad, como casi todos los hípsters de la onda, con gafas, pero muy pronto había empezado a bajar aplicaciones. Su favorito era la app de Ziin. Esta aplicación convirtió todos los abonamientos que tenía Karlsen en un montón de páginas de la red en un periódico electrónico. El diseño era genial, y la primera vez que utilizó el Ziin apareció un artículo de una mujer que Karlsen conocía de antes. Se llamaba Inga-Britt Ahlenius, y era una mujer con bolas y sin miedo que, como revisora de la ONU, había causado la caída de una comisión entera. Hoy en día estaba escribiendo sobre otros temas, y había escrito un artículo donde decía que tenía que investigar la Red Stay Behind por su papel en el asesinato de Palme. Al leer esto, Karlsen sentía que se estaba cayendo por un túnel, como en Las aventuras de Alicia en el país de maravillas. Karslen se había perdido en el mundo digital de tanta información, y su nueva amiga se había quedado llena de celos y por fin le había dicho que saliera de su piso, de su vida, que no quería ella tener nada más que ver con él y que se vaya al lugar de donde viene. Karlsen se fue a Bergen.

– ¿Por qué se está quejando tanto la gente de Oslo? ¿Por qué tanto hablar de unas cosas de la UPD que por lo que yo sé, tampoco están en nuestro servidor? Karlsen, ¿Tú sabes algo de eso? ¿Tiene algo que ver contigo?

Mjelde sentía mal agüero y se preocupaba de cambios drásticos. Estaban en el sol donde el pub Folk og Røvere. Nilsen, un coordinador de Suecia, también estaba allí con ellos. Por casualidad estaba en esta ciudad de hanseáticos para hablar de las últimas cosas y novedades confidenciales.

– Nooo. Bueno, quizás un poco, admitió Karlsen.

– ¿Qué pasa, hombre? Háblanos con palabras claras. Nilsen también se sentía un poco inseguro después de lo que le había contado Karlsen de Kolsås.

– Bueno, esto se queda entre nosotros. ¿OK? Karlsen miraba a los dos. – Dijeron que sí. Nuestros amigos del oeste me han contratado para trabajar un poco… con información… DI.

– ¿Mentiras?

– DI. Desinformación. Trabajo de comunicación.

– Exacto. Mentiras. Nilsen parecía estar en estado de choque, y parecía estar indignado. – ¿Te pagan bien?

– No tengo que vivir en la calle. Tampoco tengo que tener nada que ver con NAV. Además, es un trabajo extraoficial, así que no tengo que pagar los impuestos que ayudan a los criminales de guerra.

– ¿Puedes contarnos exactamente qué es lo que haces? quería saber Mjelde.

– Me han dado un montón de documentos que se

tratan del Pueblo Elegido. Quieren que yo los publique para hacer un enlace entre ellos y el 22 de julio. Pero yo lo hago así: He configurado el servidor de una manera que hace que ellos sean los únicos que puedan leer estos putos documentos falsos. Ellos y un grupo de 10-20 expertos del terror islámico y teorías de conspiraciones que solo ellos pueden leerlos, nadie más. Y yo puedo ver el log que me da información de ellos a mí.

– ¿Así que los únicos que pueden leer la desinformación son los que te han contratado?

– Sí. Exacto.

– ¡Eres un genio! Eso les había hechos felices tanto a Nilsen como a Mjelde.

– Pero tenemos que construir otra ilusión más. Ellos van a hacer enlaces al Twitter y Facebook y todo eso, utilizando sus cuentas falsas allí, y por eso es necesario que tengan la impresión de que nos hayamos encontrado en un ataque virtual. Nilsen, ¿Sería posible para ti organizar unas acciones falsas en contra de la UPD para que parezca real?

– Obvio, jefe.

– Genial. Últimamente he leído un montón de los suecos en mi iPad nuevo. No sé cómo resumir todo lo que he aprendido. ¿Queréis una cerveza? ¿Los dos? Genial. Paga la OTAN.

– Gracias, jefe, dijo Mjelde repitiendo la actitud del sueco cuando vino Karlsen con las cervezas.

– Bueno, aquí estamos bien. Hace sol y estamos tomando cerveza afuera el primero de enero. ¡Genial! Así que, ¿Por dónde empezar? Es que… he visto esa serie sueca *La muerte de un peregrino* basada en los libros de GW Persson de Palme. La ventaja de esta serie de cuatro episodios es que hay pausas, y parece que hay un periodo de tres semanas entre el penúltimo y el último episodio. Todos están así pensando antes de concluir. Despúes presentan sus observaciones, pensamientos y concluyen.

¡Treinta y siete años después del asesinato!

– Sí, exacto. Realmente han logrado poner todo eso bien dentro de la oscuridad. Eso sí es cierto.

– Sí. Pero algo de lo más chocante en este país de feminismo es que una de las mujeres más respetadas, Ahlenius, la jefa de la oficina auditor general del país, ha escrito en el periódico Dagens Næringsliv que es necesario que investiguen la Red Stay Behind de la OTAN por su posible papel en el asesinato de Palme. Ella dice eso porque ha leído los libros y artículos de Ganser, que dice en claras palabras que es posible que exista esa conexión.

– ¿No crees que la ridiculizarán y no la tomaran en serio como siempre? preguntó Nilsen.

– Bueno, hay que ver. Mientras tanto yo tengo 20-30 páginas del crimen en mi tabla. Son parte de una serie de comentarios del asesinato de Palme que ya tiene 13 años de vida y más de 37.000 comentarios.

– Todos tenemos ganas diferentes, dijo Mjelde lacónicamente.

– Este asunto criminal tan viejo le fascinaba mucho a Karlsen, y tanto él como su amigo se preocupaban un poco por eso. Palme ya estaba muerto, ¿no? Al mismo tiempo; ese caso tiene algo que ver con la lucha que tienen ahora. Además, es muy raro que la investigación ahora pueda llegar a una conclusión verdadera gracias a un escritor y a los que comentaban el caso en varias redes sociales.

– Los que comentan en el foro Flaschback son expertos, dijo Karlsen. – Expertos verdaderos, repitió en sueco. Como él leía mucha de esta información en sueco, a veces también hablaba así, por lo menos en la presencia de Nilsson. –No son el tipo de expertos falsos de desinformación que puedes ver en la tele de Noruega y de Sucia.

– Bueno, esperamos que solucionen el caso entonces, dijo Mjelde. – Pero yo no creo que sea muy probable.

– Es posible que exagere un poco y que me engañe mi propia fascinación, pero sigo teniendo la impresión de que las semanas que vienen van a ser muy importantes para nosotros y para el desarrollo de los países del oeste, generalmente y especialmente para los de OTAN. ¡Fíjate!, si es correcto que mataron a Palme por su trabajo para librar a los países nórdicos de las armas nucleares y quizás porque trabajaba para que salieran de la OTAN, entonces… Los EEUU pueden perderse la cabeza que no tienen por algo así, es posible que veamos más terror para ocultar una revelación así.

– Te escucho bien, amigo, dijo Nielsen que también se había quedado fascinado por todo eso. – Pero deberíamos concentrarnos en lo que investigamos nosotros; el 22 de julio.

– Todo está conectado con todo, dijo Karlsen y encendió un Marlboro Gold.

jeg følger etter hesten, inn i skogen
blødende, våt nedentil av eget blod
føttene føles stadig tyngre
en bankende smerte i låret

buksene har blitt som gips
rundt beina der blodet har størknet

jeg faller, men reiser meg igjen
sjanglende, haltende, stumpende, fallende
min jakt når sin slutt, i den våte mosen
ved månetjernets ensomme bredd
månetjernets ensomme bredd
månetjernets ensomme bredd

LUNES, 4 DE FEBRERO

Karlsen se despertó medio perdido a las seis de la mañana después de haber trabajado muy duro durante el fin de semana. Puso el café y se fue al baño. Pronto estaba en el balcón desayunando bacon y listo para fumar. Vio la luz encendiéndose en las oficinas de SEFO, la oficina de los Asuntos Internos de la policía, al otro lado de la ciudad. Al mismo tiempo había un programa de la radio que se trataba de las loterías nacionales. También tenían unos métodos muy sospechosos para engañar a los débiles y atraparlos en trampas que hicieran que se volvieran adictos de sus juegos. Todo protegido por la ley y las autoridades nacionales. Karslen pensaba en eso. El estado era un estado de bienestar, pero al mismo tiempo hizo que algunos perdieran casi todo su dinero. La prensa, por lo visto, quería revelar eso y proteger a los que se habían quedado adictivos. Habían políticos también que hablaban del tema y dijeron que nadie debería perder nada ni por la lotería, ni el futbol, ni los caballos. Todos hablando bien, pareciendo buena gente. Qué decentes, respetuosos y buenos quieren ser todo, pensó Karlsen. Pero, ¿Qué es lo que pasa en casos similares que aparecen donde es posible criticar a las autoridades o las oficinas protegidas por la ley? Las dos familias, por ejemplo, que habían exigido que SEFO investigara la policía por haber hecho un mal trabajo durante el 22 de julio habían sido negadas brutalmente. No aparecieron ni la prensa, ni los políticos para defenderlos. Eso también en una manera era respetuoso: Hubieron muchas familias que habían perdido a sus seres queridos. Con tanta tragedia, hubiese sido casi irresponsable investigar a las dos patrullas que negaron las órdenes de parar el camino principal hacia Utøya para que no pudiera llegar el Fiat Doblo con el número VH 24605. Sería terrible si estos policías, que no hacían su trabajo y que negaron las órdenes de sus jefes, y de esta manera hicieron posible que el terrorista Breivik sin ser molestado podía venir tranquilamente muy cerca de la isla y tomar un barco a la isla, hubiesen empezado a sentirse culpables por la muerte de 69 jóvenes. Mejor no investigar, porque no queremos que se caigan en depresión, no queremos que empiecen a beber o que se vuelvan suicidas. Es mejor entonces rechazar a estas dos familias noruegas de otra cultura y no hacer ninguna investigación. Es verdad: eran noruegas de otra cultura. Siempre se quejan, como dicen los nacionalistas.

Había escuchado al investigador privado Ole Dammegård resumir el caso de Palme en inglés en una entrevista de Red Ice Radio, y también había leído su libro Coup d'etat in Slow Motion, que a pesar del título inglés también se podía leer en sueco en la red. A muchos suecos les parecía muy extraño lo que decía Ole Dammegård. Muchos aceptaban y creían en la historia oficial del drogadicto Christer Peterson, porque, según la historia oficial, Petersen creía que Palme era la persona que le vendía las drogas. No les parecía raro que fuera la primera vez que Peterson tuviera una pistola y tampoco le parecía raro que esa persona adicta matara a su tratante de droga por algo que no era importante. Porque eso es lo que haces si quieres una vida en la carrera de ser drogadicto: matar a los que te las venden. No es imposible que sea verdad, pero tampoco es muy probable.

El libro también contenía las sorpresas de siempre: Todo lo que podía salir mal por la policía ese día, salió mal. Lo mismo pasó con la policía de asuntos internos, la policía nacional y todas las otras agencias involucradas en la investigación: "Una evaluación general, es que la policía no funcionaba satisfactoriamente durante las horas críticas inmediatamente después del asesinato. El centro de control sobre todo no funcionaba para nada. La falta del control, coordinación y la incapacidad para actuar, son cosas muy graves y sorprendentes. Nos sorprende que todas las oficinas y autoridades hicieran un trabajo tan críticamente mal. Supuestamente, era el mejor y más bien equipado centro de control de la policía". Eso se parece mucho a lo que pasó en Oslo el 22 de julio, pensó Karlsen. Todo está conectado. La investigación oficial de Suecia fue hecha por la comisión de Inga-Britt Ahlenius y empezaron su trabajo de control e investigación nueve años después del asesinato. ¡Nueve años! gritó Karlsen, como un personaje de la película *El Reino* de Lars von Trier, mirando las oficinas de SEFO, preguntándose si lo mismo pasaría aquí. Si es así, vamos a tener una investigación interna sobre el 2020.

Le pareció raro como todo cambiaba. Había visto el último episodio de *La muerte de un peregrino*, y sabía que todo se acabaría. Ahora los agentes de desinformación – o sea, sus colegas – intentarán confundir a todos para que la cosa se muera y se quede en las sombras. Habían sido tres semanas que mantenía el caso vivo – entre la pasión del verano y el frio del invierno, entre el 13 de enero y el 3 de febrero – no hay más. Ahora se muere. Ahora vuelve todo a las rutinas de siempre.

Cuando tenía días así, entendía que lo más fácil era tirar la toalla. Es mejor rendirse. Eso también es lo que quieren los agentes de desinformación: que todos se rindan y que piensen que no sirve para nada seguir luchando. Nunca iban a tener éxito. Se puede luchar hasta la muerte, pero los culpables seguirán libres y tendrán toda la posibilidad de seguir con sus maldades y sus objetivos infernales y anti-democráticos Era como había dicho Mjelde, pensó Karlsen. Vivimos en un estado doble, y el estado dentro del estado tiene todas las buenas cartas: los comodines y los triunfos.

¿Quién mató a Olof Palme? ¿Quién mató a Laura Palmer?, pensó Karlsen. La serie de David Lynch de 1990-1991 (grabado en 1989) puede funcionar como su versión del asesinato de Palme. Twin Peaks también refleja el golpe del estado conocido como el asesinato del presidente JFK. Como dice el agente de FBI Dale Cooper en el primer episodio mientras está conduciendo en unas calles del bosque en camino al pueblo Twin Peaks: "Diane, esta mañana ha llegado el mismo pensamiento de antes a mi cabeza. Hay dos cosas que me molestan. Estoy hablando ahora no solamente como agente del buró, pero también como ser humano. ¿Qué pasó realmente entre Marilyn Monroe y la familia Kennedy? y ¿quién le disparó?"

Veinte años después del asesinato de Palme, una cadena de la tele de Holanda le había preguntado a Lynch si él creía que las autoridades de los EEUU eran los que eran responsables por el ataque en Manhattan y el Pentágono:

– That's too big for people to think about. It's... it's too big. It's just... you know... It's like something no-one wants to think about.

Fin.